Beatriz Navarro

RADIOGRAFÍA
DE UNA PAREJA

Parte 1
EL COMIENZO

Novela

Radiografía de una pareja, el comienzo
Autora: Beatriz Navarro
Conoce más en www.easytime.cl

Registro de Propiedad Intelectual: 2020-A-5401
ISBN: 978-956-420-468-0

Segunda edición: febrero 2025

A mi querido Sebastián
Por las muchas horas que robé de un tiempo que nos pertenecía
Por involucrarte en mis sueños al creer en mí
Por el inmenso amor que me demuestras
Te dedico mi primer libro

1
Un encuentro inesperado

Bárbara corría por la orilla de la playa, una costumbre que adquirió desde que se mudó de Santiago, capital de Chile, a Viña del Mar, provincia de la Región de Valparaíso. Solo quedaba a dos horas de distancia del que siempre había sido su hogar. Supuso que la decisión sería un gran cambio en su estilo de vida, por ser una zona costera conocida por la gran cantidad de veraneantes que la escogían como destino para descansar. Pero en los dos meses que llevaba viviendo ahí, se había percatado de que la Ciudad Jardín, como también se le llama a Viña del Mar, podía tener la misma intensidad de la capital. Mientras corría sintiendo el olor marino que llegaba a través de la brisa, recordaba sus días en Santiago y su precipitada partida. No se arrepentía de su decisión, aunque constantemente pensaba en la rutina y en las personas que forzosamente debió abandonar.

Estaba esquivando el agua que llegaba producto del oleaje, cuando escuchó los sollozos de una mujer que estaba sentada a metros de la orilla. Bárbara se acercó a ella. Era joven, de estatura y contextura media. Su pelo negro y largo caía sobre los hombros enmarcando un rostro blanco y pecoso. Sus ojos destacaban tanto por el verde que los teñía como por la capa de rímel que se había formado en el contorno debido a las lágrimas. Tenía un lindo perfil y los labios eran de mediano grosor. Vestía un pantalón de tela oscura, unos botines negros con flores y una chaqueta roja con capucha.

—¿Estás bien? —le preguntó Bárbara pareciéndole una pregunta tonta, pues obviamente no lo estaba.

Se sentó junto a ella al ver que no paraba de llorar. Le sobó la espalda, esperando que se tranquilizara, pero, por el contrario, la joven rompió en un llanto desconsolado. Se apoyó en las piernas de Bárbara, quien, con los brazos suspendidos en el aire, no supo qué hacer con tan inusual cercanía. Comenzó a darle palmaditas en el hombro con el fin de tranquilizarla. Aquello debió darle alguna clase de señal, ya que la mujer se levantó y se pronunció entre sollozos:

—Disculpa, es que me siento demasiado mal.

«Me doy cuenta de eso», pensó Bárbara, pero lo que dijo fue:

—¿Por qué estás así?

—Porque soy una estúpida, que se creyó todas las palabras bonitas de un imbécil que solo me quería para la cama…

—¿Te hizo algo? —preguntó con preocupación.

—No. O sea, sí, pero no lo que estás pensando… Hoy en la mañana me enteré de que tiene novia.

Por algún motivo, la razón por la cual lloraba la chica la decepcionó. Suspiró y la miró detenidamente. Pensó en abrazarla y consolarla, pero le dio la sensación de que necesitaba más bien un obligado aterrizaje a la realidad.

—Disculpa, pero ¿qué edad tienes? ¿Quince? —Aquella intervención le quitó intensidad al llanto. Bárbara prosiguió—: No tengo problema en que llores, pero mi consejo es que cuando lo hagas que sea por una buena razón. ¿Cuál es el sentido de que estés así por alguien que debió mentir para acostarse contigo? —La mujer se sonrojó por la inesperada franqueza—. ¿Cómo te llamas?

—Laura —respondió a secas.

—Yo soy Bárbara —dijo ignorando su repentino malhumor—. Si vas a andar con toda esa sensibilidad encima, entonces deberías ser clara antes de comenzar a salir con alguien. Por ejemplo, ¿le preguntaste si tenía novia?

—No creí que fuera necesario. Él me coqueteó, pensé que estaba soltero. Nunca mencionó nada sobre alguien más.

—Déjame adivinar: se lo reprochaste esta mañana —su silencio fue suficiente respuesta—. ¿Qué te dijo cuando lo hiciste?

—Que nunca me había mentido, que solo nos estábamos divirtiendo.

—¡Exacto! El tipo es un cerdo, pero tiene razón. Tú nunca le preguntaste si tenía novia porque asumiste muchas cosas. ¿Crees que porque te ves bonita y arreglada no te mentirán?

Laura observaba la retirada del crepúsculo, reflexionando sobre lo que Bárbara tan amablemente le decía.

—Mira, lo importante siempre es tener toda la información y para tenerla se requiere preguntar —añadió Bárbara—. Intenta recordarlo la próxima vez.

—…

—Podría haberle preguntado si tenía novia y de igual forma hubiese dicho que no —le rebatió—. Tener toda la información depende de si la persona te la quiere dar, por lo que no creo que el resultado hubiese cambiado mucho.

—Cierto, y si la vida tuviera un manual de procedimientos todo sería más fácil, pero no es así. Lo importante sigue siendo preguntar. Lo que venga después depende de ti. Puede que el tipo te responda que sí está con alguien, en tal caso, puedes decidir si quieres estar con él o no, nadie te estará engañando. Si por el contrario te dice que no tiene novia y luego te enteraste de que tenía, siempre está la opción de echarle en cara lo mal hombre que es y bla bla bla. Yo tengo una forma práctica de ver las cosas. El error fue mío porque evalué mal al tipo —simplificó—. No puedes dejar que el cómo te sientas sea responsabilidad de terceros. No digo que cuando un hombre nos mienta sea nuestra culpa, pero la gente miente. Trata de incluir esa variable en tu vida y todo será más fácil.

Laura acentuó su molestia.

—Para mí era un cerdo porque estaba con dos mujeres, pero resulta que eso queda en segundo plano, porque la teoría de que me haya tratado como una tarada cobra más fuerza.

Bárbara cerró los ojos frustrada con su actitud.

—Lo que estoy tratando de decir, y al parecer con muy poco éxito, es que habiendo sido bendecidos con algo tan importante como la información de su actual estado sentimental, él puede hacer lo que quiera al igual que tú. No entres en lo que está bien o mal porque es un tema demasiado amplio y no he tomado desayuno aún. Si el tipo no te dice que está saliendo con alguien, entonces el problema más grave, a mi parecer, no es que hayas estado con un hombre que sale con dos mujeres, sino con un idiota que no te dio la oportunidad de escoger si tú querías estar con un hombre que sale con dos mujeres —levantó la mano antes de que le soltara un discurso moralista—. Eso no significa que en tu caso hubieses estado con él aun sabiendo que tenía novia. Pero no fue tu decisión, ¿verdad?, en ningún caso lo fue. A mi juicio, es lo que debería darte más rabia.

Laura admitió que lo que le decía Miss Simpatía tenía coherencia, aunque no se lo manifestó.

—¿Qué edad tienes, Laura?

—Veinticuatro.

—Pareces más joven.

—Tal vez te confundió mi quinceañera reacción.

Bárbara sonrió y Laura terminó por esbozar una sonrisa en tanto se pasaba los dedos por el contorno de los ojos.

—Si tu idea era terminar de arruinarte el maquillaje, lo lograste.

—¿No tienes un espejo?

—Por supuesto, siempre ando con mi cosmetiquero cuando salgo a correr —se mofó mientras se paraba—. Mi auto está cerca, si quieres te puedes limpiar ahí —le tendió la mano para ayudarla a levantarse.

—Gracias.

Finalmente, Bárbara le propuso ir a un café restaurante donde servían los más contundentes desayunos caseros. Laura titubeó en aceptar, pues tenía sentimientos encontrados hacia Bárbara. Era una mujer que no había mostrado la solidaridad femenina que ella esperaba encontrar cuando se acercó. Sin embargo, su forma de ver la situación le había ayudado a no seguir sintiendo lástima de sí misma. Decidió darle una oportunidad.

Laura untó mantequilla al pan recién salido del horno que la señora Gladys, como se llamaba la dueña del local, les puso sobre la mesa.

—¿Eres de Viña, Bárbara?

—No, soy de Santiago. Me vine a probar suerte hace un par de meses. ¿Y tú?

—De Puerto Varas, pero vivo hace años acá con mi hermano mayor.

—Yo no podría vivir con mi hermano, es un pesado.

—El mío es un poco paternalista, que lo convierte en un pesado a fin de cuentas —sonrieron—. Pero generalmente nos llevamos bien.

—¿Cuánto tiempo llevan viviendo juntos?

Laura terminó de masticar para responder:

—Cinco años.

—¿Se vinieron juntos de Puerto Varas?

—No, él ya llevaba un año viviendo acá cuando yo me vine. Estudió en Santiago, pero nunca le gustó la capital. Cuando terminó la especialidad, se vino a ejercer a Viña. Es médico —aclaró ante el semblante de confusión de Bárbara—. Justo coincidió con mi época universitaria, así que mis papás me dieron dos opciones: estudiar en Santiago y vivir con mi hermano Tomás, que es lo más relajado que hay; o estudiar en Viña del Mar y vivir con Juan Pablo.

—¿Por qué escogiste al paternal si tenías la posibilidad de vivir con el relajado?

—Porque soy pava —afirmó con una sencillez que a Bárbara le causó gracia—. Igual no me arrepiento —precisó luego de beber té—. Me llevo bien con Tomás, pero él vive su mundo en Santiago. Con JP, en cambio, siempre he sido súper apegada. En parte por eso a veces parece más mi papá que mi hermano.

—Vivir con alguien así, en plena época universitaria, debió ser complicado.

—Sobre todo el primer año. Con decirte que mi novio se tenía que quedar en la habitación de invitados cuando venía a verme.

—Se me vino a la mente la imagen de un viejo rancio; eso no puede ser bueno —concluyó con una burlesca expresión—. ¿Terminaste hace mucho con tu novio?

—El año pasado, pero me ha costado un poco salir del luto.

—¿Por?

—Fueron siete años que no se olvidan tan fácilmente —le sonrió a la persona que le traía los huevos. Esperó a que se fuera para añadir—: El pastel de anoche era la primera persona con la que salía después de mi ex.

Bárbara hizo un gesto de comprensión. Ahora entendía por qué estaba tan sensible en la playa. Deseó haber conocido todos los detalles antes de haberle soltado el maldito discurso motivacional que le dio. «Bien hecho —se dijo—. Tal vez debería seguir mi propio consejo y preguntar antes de meter las patas».

—¿Tú también estudiaste medicina?

—No, a mí me gustan más los números. Estudié ingeniería comercial. Tú, ¿a qué te dedicas?

—Soy diseñadora gráfica. Tengo una pequeña empresa con un giro muy amplio, por lo que me adecúo a cualquier requerimiento. Aunque mi fuerte es la fotografía, así que hago mayoritariamente decoración de interiores.

—Yo todavía no trabajo, aunque me llama la atención ser independiente.

—Hay ocasiones en que es angustiante por el dinero, pero yo lo recomiendo 100%.

Luego del desayuno, Bárbara ofreció llevarla a su casa. Le quedaba de camino y no tenía nada más que hacer durante la mañana. Ya estacionadas, y mientras Laura recogía unos artículos que habían caído de su cartera, Bárbara se concentró en el bocinazo de un jeep que estaba detrás de ella. Molesta, se apeó con la mirada fija en el idiota que lo conducía. Rodeó el auto por la parte contraria al conductor.

Cuando estuvo frente a la ventana del copiloto, el hombre la bajó y ella le solicitó:

—¿Te importaría dejar de tocar la bocina?

—¿Perdón?

—Así está mejor. Dame unos minutos y me voy.

Él le intensificó la mirada con un dejo de pesadez. Se maldijo por estar concentrado en lo linda que le parecía, aun con su desarreglada apariencia deportiva. La coleta recogía su cabello color chocolate despejando su blanca tez. Sus ojos marrones estaban rodeados de una tupida hilera de pestañas. Tenía los pómulos altos, lo cual le daba una figura ovalada a su rostro. La nariz era respingada y sus labios estaban bien definidos. Incluso le habría hecho gracia su cinismo si no fuera por el malhumor que cargaba.

—No te he pedido disculpas —aclaró—. Estás obstaculizando la entrada al estacionamiento... —no continuó al escuchar unos golpecitos en su ventana: era su hermana.

—¿Mala noche? —le preguntó Laura por su cansado rostro.

—No tan mala como la mañana.

Bárbara hizo una mueca por su comentario. «Este debe ser el hermanito rancio», pensó. Su aspecto coincidía con los treinta y cuatro años que Laura dijo que tenía. Su pelo negro, no muy corto, permitía que se le formaran gajos al final de la cabellera. La piel era más oscura que la de su hermana y los almendrados ojos color ámbar tenían un tinte que no alcanzó a identificar. La nariz era recta y proporcional a todo el rostro; y los labios, de mediano grosor, rodeaban una barba de no más de tres días.

—Son casi las diez, Laura, ¿vienes recién llegando?

—¡Ay, por favor! —masculló Bárbara.

—¿Te importaría? Estoy hablando con mi hermana.

—Yo pensé que era tu hija —contestó con sorna—. Sabes que ya pasó los dieciocho años, ¿verdad?

Laura decidió presentarlos antes de que continuaran enfrentándose.

—Juan Pablo Camus, te presento a Bárbara, ¿cuál es tu apellido?

—Prefiero reservármelo. No me interesa que tu hermano me busque en las redes sociales porque le parecí irresistible.

—Créeme que eso no va a pasar, pinturita.

—Pinturita tu abuela, milico —se dirigió a Laura—. Me tengo que ir, suerte con el cítrico.

—El próximo desayuno lo invito yo.

—Está bien, pero no se te ocurra traer a tu hermano —le advirtió a viva voz y se subió a su auto.

Irritado, JP le dijo a su hermana que subiera al jeep. En el corto trayecto, Laura se enteró de la mala noche que su hermano había tenido en el hospital. Generalmente, no trabajaba de noche, pero pasada la medianoche lo llamaron por una colisión múltiple que involucraba a niños. Entre el poco personal y el retraso de los exámenes, no pudo desocuparse hasta las nueve de la mañana.

Cuando subieron al ascensor, él le preguntó:

—¿Quién era esa mujer?

Laura le contó cómo la había conocido, aunque omitió los detalles de su conversación en la playa.

—¿Y sin más se fueron a tomar desayuno y luego te vino a dejar? —resumió JP incrédulo al llegar a la puerta del departamento.

—Bárbara fue buena onda conmigo, ¿lo dejamos ahí?

JP retuvo la puerta.

—¿Dónde te quedaste?

—Te avisé que me quedaría afuera, es todo lo que tienes que saber —le dio un beso en la mejilla y pasó al departamento—. Me voy a dormir.

2
El doctor

Pasaron algo más de tres semanas desde aquel encuentro en la playa. Laura y Bárbara se llamaban y veían continuamente. Los cinco años de diferencia las situaban en etapas distintas de la vida, lo que, paradójicamente, les concedía tiempo para conocerse mejor. Laura a sus veinticuatro años tenía como única responsabilidad preparar su examen de título; en tanto Bárbara, a los veintinueve, se había arriesgado a formar una empresa. La decisión no había sido fácil ni mucho menos rápida. Antes de independizarse se había propuesto reunir el dinero para el pie de un pequeño departamento, que arrendaba, y había esperado a pagar la totalidad del crédito educacional que le permitió estudiar Diseño Gráfico. A estas alturas de su vida solo era dueña de un auto de segunda mano, que no era un lujo pero le servía para movilizarse, y unas cuantas cámaras fotográficas que utilizaba tanto para el trabajo como para el ocio.

La disponibilidad de horarios, debido a sus respectivas actividades, les brindó la posibilidad de generar una rutina que las acercó como amigas. Se reunían día por medio, de preferencia en la mañana, para trotar. Dependiendo de sus planes, acordaban recorrer los alrededores de la ciudad con Laura como guía. Y siendo este el caso, finalizaban la jornada bebiendo cerveza en el departamento que Bárbara arrendaba en el patio trasero de una casona ubicada a quince minutos del centro de la ciudad. El departamento se situaba en un segundo piso y contaba con una escalera que daba a una entrada independiente de la casa principal.

Un domingo por la mañana, mientras corrían, Laura le hizo un gesto a Bárbara para descansar y de paso preguntarle:

—¿Te gustaría ir a almorzar hoy a mi departamento?

Bárbara inspiró profundo antes de responder.

—¿Va a estar tu hermano?

—Sí.

Comenzaron a caminar.

—Entonces no. Lo he visto una sola vez y creo que no nos caímos muy bien.

—Pero ese día había tenido una mala noche en el hospital. Además, él me dijo que te invitara para comenzar de nuevo.

—¿Y olvidar lo dulce que fue la primera vez? De ninguna manera —sonrieron—. No me lo tomes a mal, pero prefiero mantenerme alejada de hombres como tu hermano. —Laura la miró ceñuda—. Me refiero a que es atractivo y, por lo que me has contado, inteligente. Con esas dos cualidades es fácil meterse en un rollo con él. No estoy diciendo que suceda, pero existe la posibilidad y en este momento lo que menos necesito es ese tipo de complicaciones.

—¿Por algo específico? —preguntó Laura intrigada por la nula información que tenía de Bárbara en el plano amoroso.

—No. ¿Seguimos por diez minutos más?

Laura puso una expresión de cansancio, pero Bárbara la instó a continuar.

El miércoles, Bárbara acudió a una reunión con un posible cliente. Su nombre era Cristóbal Araya, dueño del bar «El Rincón».

Entretanto esperaba a que el barman anunciara su llegada, observó el salón con una decena de mesas de madera repartidas en el centro. Al costado derecho de la entrada principal, se encontraba la barra de madera rústica iluminada con letreros de neón; y en el costado contrario, cinco boxes con butacones dispuestos de forma íntima para grupos más grandes. En el rincón izquierdo, al fondo, se veía el sector del karaoke con acceso a una escalera de fierro en forma de caracol que conducía a un salón privado. Bárbara imaginó cómo dar un aspecto más vanguardista a aquellas murallas decoradas con insípidas imágenes de grupos de rock. Sacó su equipo para tomar algunas fotografías que le permitirían presentar un fotomontaje con la propuesta del diseño.

Cristóbal era un hombre de treinta y tantos años, alto y de contextura delgada. El pelo desarreglado color miel le daba un aspecto de músico country. Tenía los ojos grisáceos y la nariz era un tanto dispareja debido a una curva sutil en la punta que se adaptaba muy bien a la composición de su rostro. Los labios gruesos estaban rodeados por una barba del mismo color del cabello. Sin embargo, fue la sencillez de su ropa la que causó una agradable sorpresa a Bárbara. Vestía una polera desgastada con agujeros, shorts y unas sandalias.

Cristóbal avanzaba sin apartarle la mirada a la flaca de 1.70. La polera blanca y los ajustados pantalones negros le permitieron apreciar su silueta. Pero sus labios fueron todo un descubrimiento: eran del grosor que lo volvía loco por lo carnudamente perfectos.

A Bárbara le causó gracia la insistente mirada de Cristóbal a su boca.

—Me siento como una pechugona con escote sobresaliente.

—Un par de senos lindos nunca están de más. Pero los labios —volvió a mirarlos—, ese rasgo me encanta en una mujer y los tuyos me fascinaron —se aproximó a ella rompiendo todo protocolo social—. Disculpa la patudez, pero ¿podría probarlos?

Entre seria y divertida, Bárbara le puso una mano en el pecho y lo alejó.

—No puedes, y te advierto que tu comportamiento es muy inapropiado.

—Tenías pinta de ser más juguetona.

—Las apariencias engañan. —Le extendió la mano—. Mucho gusto, soy Bárbara.

—Mucho gusto, soy Cristóbal —dijo imitando su tono formal—. ¿Nos hacemos una reverencia?

—Creo que nos podemos saltar ese paso —bromeó ceñuda y luego sonrió—. Tienes un lindo bar.

—Sí, es que tengo buen gusto —presumió coqueto.

—Puede ser, aunque diría que está un poco pasado de moda.

—Quiero pensar que tú me vas a ayudar a mejorar ese detalle.

—Si estamos hablando del bar, yo feliz. Lo estuve recorriendo, y si me dices qué tienes pensado hacer, tal vez te pueda aportar con algunas ideas.

—Está bien, pero después me aceptas un trago.

—Lo siento, no mezclo el trabajo con el placer.

—Eso suena tan cliché como aburrido.

Bárbara reconocía que la desfachatez era un rasgo que admiraba en los seductores: los posicionaba como hombres que no se andaban con rodeos. Pero ese tipo de hombres nunca fueron su tipo.

—¿Qué tengo que hacer para que dejes este coqueteo y me digas qué quieres cambiar?

—Un besito no estaría mal. Pero si es mucho para ti, puedes aceptarme el trago.

—Está bien —Cristóbal le estiró la trompa y ella rio—. Me refería al trago.

—¿Por qué las mujeres son tan exageradas con...? —se interrumpió cuando Bárbara le dio un beso—. Buuuu, ¿tan cortito?

—Y sin importancia —agregó—. Por favor, necesito que hablemos de trabajo porque luego tengo otra reunión.

—¿Y el trago que me prometiste?

—Puedo venir más tarde, pero lo acepto solo como amiga.

—Con ventaja —se apresuró a completar—. Si vamos a invitar a la amistad, para qué vamos a dejar a la ventaja afuera, ¿o no?

Ella volvió a sonreír, algo en él le provocaba una extraña cercanía.

—Te prometo que, si alguna vez quiero divertirme con la ventaja, tú serás mi primer candidato. Pero hoy seremos tú, la amistad y yo.

—Por lo menos es un avance —consideró él y comenzó a indicarle los cambios que quería hacer.

El viernes por la tarde, a la espera de Laura, Bárbara revisaba las imágenes que montaría en los diez cuadros de 120x80 cm solicitados por Cristóbal. Se había comprometido a que en un mes los tendría instalados en el bar y el plazo expiraba en tres días. Pensó en adelantar algunos mientras llegaba su amiga. Cuando fue por el segundo marco, sin darse cuenta, tropezó y, al caer, apoyó las manos sobre los vidrios. El sonido, producto del desmoronamiento del material, hizo que la dueña de la casa llamara a Bárbara para saber qué ocurría. Con las manos ensangrentadas y un vidrio incrustado entre el pulgar y la palma de la mano izquierda, le comentó lo sucedido. Le aseguró que no era nada grave y le pidió disculpas por el ruido ocasionado. Al colgar aguantó la respiración y se sacó el vidrio. La herida, al igual que los pequeños cortes en ambas manos, no paraba de sangrar. Con dificultad se estaba curando cuando escuchó que tocaban la puerta. Se cubrió las manos y fue a abrir.

Laura desorbitó los ojos al ver la cantidad de sangre que empapaba la toalla que sostenía.

—¿Qué te pasó? —preguntó con espanto—. ¡Dios, mira toda esa sangre! Tenemos que ir a una clínica, Bárbara.

—Tranquilízate, es solo sangre —desestimó camino al baño—. Me caí sobre unos vidrios, pero no es grave. Si me ayudas, podemos cerrar las heridas sin problema. Alcánzame los puntos adhesivos.

—¿Dónde están?

—En el botiquín —abrió la llave del lavabo—. También saca un poco más de algodón, por favor —al descubrirse las manos, escuchó el ensordecedor grito de Laura—. No grites.

—¡Se te ve la carne! —exclamó Laura alejándose de ella.

—No seas cobarde, ayúdame a limpiarlas.

—Esto lo debería hacer un médico, Barb. Además, las heridas pueden estar infectadas —hizo un gesto de dolor al ver el corte de la mano izquierda—. Olvídalo, yo no quiero curarte.

La tarde no podía ir peor para Bárbara. Con todo y el dolor que sentía, encima tenía que tolerar la histeria de su amiga.

—Está bien, yo lo hago, pero pásame lo que te pida.

Estaba separando algodón para untar alcohol cuando vio que Laura fotografiaba sus manos.

—¿Cuál es la idea?

Laura no le prestó atención y continuó escribiendo en su teléfono. Bárbara no sabía qué estaba haciendo, pero con el dolor que sentía se olvidó de ella y se dedicó a limpiar las heridas.

—Mi hermano está cerca, viene para acá. —A Bárbara se le desfiguró el rostro—. Sé que no te cae bien, pero esos cortes no se ven simples y yo no supe qué más hacer, considerando que no quieres ir a la clínica. Me dice que te hagas presión sobre las heridas con gasa —estaba leyendo el WhatsApp—, que no te pongas alcohol aún y que si tienes algún vidrio incrustado no te lo saques.

Bárbara pensó en el vidrio que se había sacado, pero el enojo pudo más.

—Si hubiese sabido que contactarías a tu hermano, entonces ir a la clínica no me hubiese parecido tan mala idea. No quiero que venga, Laura. Llámalo y dile que te equivocaste.

—No lo voy a llamar y le envié una foto, así que dudo que crea que me equivoqué… Barb, deja que él te cure.

—Debiste consultarme antes de llamarlo —protestó.

Continuó limpiando los cortes de la mano derecha, pero la izquierda no dejaba de sangrar, lo cual le dificultaba el trabajo. Contra su voluntad tuvo que dirigirse a su amiga:

—Ayúdame a vendar la mano izquierda, por favor.

Laura lo hizo con renuencia, pero a esas alturas no podía seguir negándose. Cuando terminaron, le ayudó a limpiar la otra.

—Estos puntos adhesivos no nos van a servir.

—Si utilizaras las dos manos, podríamos cerrar las heridas…

—¡Por fin! —exclamó Laura al leer el mensaje que recibió—. Mi hermano llegó, voy a abrir.

JP venía cargando su mochila y una bolsa de farmacia. Laura lo condujo al baño, donde vio a Bárbara rodeada de gasas y algodones ensangrentados. Dejó sus cosas sobre el inodoro y se acercó a ella.

—¿Me permites?

Por el tono, Bárbara sabía que el maldito doctor no sería gentil. Pero no sacaba nada con rehusarse, pues las condenadas manos le dolían. Sin siquiera mirarlo, cedió a que la curara.

—Laura, pásame un paño quirúrgico de mi mochila, por favor —pidió mientras le tomaba la mano derecha y evaluó las heridas. En su mayoría eran superficiales, pero había una que le preocupó—. Déjame ver la mano izquierda.

—Es mejor que comiences con la derecha…

—Yo voy a decidir lo que es mejor —le agarró la muñeca izquierda y comenzó a sacarle el vendaje.

Bárbara estaba tratando de mirar por sobre el hombro, pero su 1.80 de estatura y su proporcionada contextura no se lo permitían. Laura permanecía en silencio, ayudando a su hermano con lo que él le solicitara. Cuando llegó a la última capa de gasa, JP notó que aún sangraba, por lo que no terminó de desprenderla y adhirió más gasa sobre la depositada. Le dijo a Laura que hiciera presión en tanto limpiaba la derecha. Luego de unos minutos, JP puso la mano izquierda bajo el grifo para lavarla. Bárbara, que estaba apoyada en su hombro, en un movimiento inconsciente se lo mordió para tolerar el dolor.

JP volteó desconcertado.

—¿Te importaría no morderme?

Bárbara lo miró con vergüenza, pero también con inquietud por la cercanía de sus cuerpos.

—Lo siento, me dolió.

—En tu caso me alegro —reanudó la limpieza.

«Milico antipático», pensó ella.

Con un gesto reprobatorio, JP observó el corte que tenía entre el pulgar y la palma. Tomó el paño quirúrgico y la secó. La llevó a la mesa del comedor y le indicó a su hermana que trajera la mochila y los insumos que estaban en la bolsa. Mientras la curaba, de vez en cuando la miraba. No quería, pero algo en ella le llamaba poderosamente la atención.

—¿Cómo te hiciste estas heridas?

—Me tropecé —fue su escueta respuesta.

—¿Te removiste algún vidrio? —Al no escuchar respuesta, negó con la cabeza—. Cualquier persona va a la clínica con este nivel de cortes, sobre todo porque estuvieron en contacto con algo sucio. —Luego de vendar la mano derecha, levantó la izquierda—. ¿De verdad creíste que podrías curarte sola?

—Se me pasó por la mente —se miraron desafiantes, aunque pronto Bárbara se dejó seducir por el detalle de sus ojos: los tenía ámbar con un tinte cobrizo.

JP continuó con la curación, pero ella no le apartó la mirada. La mandíbula se había acentuado sin la barba y el cabello se veía naturalmente desordenado. Cerró los ojos para no seguir pensando en lo lindo que le parecía.

—Debes guardar reposo —le señaló al terminar de vendarla—. No hagas nada con las manos porque podrían volver a sangrar —le dio una pastilla que Bárbara tragó sin agua.

—Tengo que terminar un trabajo, pero no es mucho... —se silenció ante la mirada poco amistosa del doctor.

—Eres toda una pieza de arte. Dije que no movieras las manos —repitió mientras preparaba una inyección—. Te voy a vacunar.

—Gracias, pero mañana puedo ir a la clínica... —frustrado con su actitud, JP le inmovilizó el brazo desde el codo—. Qué te pasa, idiota. ¡Auch! —se quejó cuando él le puso la inyección sin ninguna consideración—. Eres un cavernícola —le dio un puntapié a la altura de la pantorrilla.

JP volteó hacia la muralla apretando los dientes.

Laura lo miró con la boca torcida entretanto se acercaba a su amiga.

—Tal vez deba quedarme. No vas a poder valerte por ti misma con esas heridas.

Disimulando el dolor y con la intención de hacerle pagar la grosería, JP le ordenó a Laura:

—Prepárale un bolso, se irá con nosotros —comenzó a guardar sus cosas.

Bárbara soltó una risa desganada.

—No le hagas caso, no me voy a ir con ustedes.

JP le hizo un gesto a su hermana para que hiciera lo que él le pedía, pero Bárbara insistió.

—Ignóralo, Laura. Yo soy quien decide y me voy a quedar acá.

Laura no sabía qué hacer, así que optó por marginarse.

—No quiero estar en medio de esta discusión. Esperaré afuera a ver qué deciden —tomó las llaves del jeep y se marchó.

En posición rígida, Bárbara esperó a que JP también se fuera. Para su sorpresa, se sentó en una silla.

—¿Qué haces?, ¿por qué no te vas?

Él tranquilamente sacó su celular del pantalón, lo desbloqueó y revisó las notificaciones que tenía.

Bárbara se crispó al ver que la ignoraba, pero respiró profundamente para no demostrarlo.

—Te llamas JP, ¿verdad?

—Para ti es Juan Pablo —corrigió concentrado en el teléfono.

Bárbara puso los ojos en blanco.

—Ok, Juan Pablo. Te agradezco la ayuda, dime cuánto te debo y déjame sola. —Él no se inmutó—. ¡Te estoy hablando! En tu consciencia va a quedar si le pasa algo a tu hermana, este barrio puede ser muy peligroso.

JP sabía que no era cierto, aunque igual le escribió a Laura que tardarían en salir. Bárbara, exasperada, le dijo finalmente:

—No voy a seguir desperdiciando mi tiempo contigo. Si te quieres quedar, por mí no hay problema —apagó la luz y se fue a su habitación.

El portazo le dio la señal a JP para levantarse y encender la luz nuevamente. Inició un recorrido por el departamento a la espera de que se durmiera, algo que no debería tardar mucho debido la pastilla que le dio. Un mismo salón comprendía living, comedor y cocina. Los dos sillones que se situaban al costado de un gran ventanal, invitaban a desparramarse en ellos por lo amplio de sus asientos. Los muebles de cocina formaban una semicircunferencia que encajaba a la perfección con una mesa redonda que conectaba con el living. A diferencia del estilo de los muebles, que parecían pertenecer al lugar (pero no a Bárbara), la decoración sí cuadraba con ella. Tenía colgado retratos y paisajes artísticos en blanco y negro. En uno de los rincones había una biblioteca y un escritorio cubierto con enormes imágenes. Cuidando no pisar el desastre de vidrios esparcidos, se acercó a verlas. Mostraban distintos rincones de la ciudad de Viña de noche con músicos como protagonistas de la composición. Los efectos y colores, producto de los elementos móviles, eran el punto de mayor atracción. Recordó que su hermana le había dicho que era diseñadora de profesión. «Pero hace de todo un poco», le precisó.

Tras media hora de espera, JP le abrió la puerta a Laura.

—¿Por qué no entraste antes?

—Estaba hablando por teléfono. ¿Dónde está Bárbara?

—En su habitación y si tenemos suerte tal vez esté dormida.

Laura entornó los ojos.

—¿Qué le diste?

—Nada que vaya a durar mucho lamentablemente. Anda a verla y me avisas para cargarla e irnos al departamento.

—Eso sería como un secuestro, JP.

—¿Y crees que su familia pague un rescate? —preguntó con inseguridad—. Porque yo sí pagaría, pero para que no la soltaran nunca más. —Laura contuvo la risa—. Ya, anda a ver si está dormida.

Bárbara despertó en una cama que no era la suya, vestida con su pijama y con un aterrador exceso de vendas cubriendo sus manos. Pensó en JP y se levantó a toda prisa. Trató de abrir la puerta maldiciendo por no poder agarrar bien la manilla.

Desde el otro lado, un divertido JP la escuchaba. Cuando los improperios se volvieron más apremiantes, él comenzó a reír.

Bárbara pegó la oreja a la puerta y lo oyó.

—¡Eres un abusivo, Juan Pablo. Abre la puerta!

—Si quieres mi ayuda, tendrás que disculparte.

—No me voy a disculpar contigo, cavernícola.

—¿Por qué soy yo el cavernícola si tú me pegaste?

—Tú te lo buscaste. ¡Laura, ayúdame!

—Salió a correr, algo que debo agradecerte. Muchas gracias por cuidar de mi hermana. —Con una sonrisa apoyó la frente en la puerta y añadió—: Estoy esperando la disculpa… ¿Bárbara? —Al no escuchar réplica, abrió la puerta. La vio sentada en la cama con un semblante de cansancio—. ¿Y bien?

—…

—Siento mucho haberte pegado una patada que te merecías…

—No, no, no —balanceó el índice con un mohín burlesco—. Inténtalo de nuevo, pero esta vez omite lo que tú crees que yo merecía.

Bárbara suspiró.

—Discúlpeme, doctor.

—Hummm —pronunció él con el ceño pensativo—. El tonito sarcástico no me gustó mucho.

—¿Me vas a disculpar o no?

JP sonrió y se acuclilló frente a ella.

—Tienes que mejorar la forma, pero aprecio el esfuerzo —comenzó a desprender el vendaje—. Te voy a revisar las heridas y luego tomamos desayuno. ¿Está bien?

Ella asintió con seriedad.

Tras el almuerzo, JP anunció que debía ir a la clínica, pero no llegaría tarde. Aquello le dio más libertad a Bárbara para inspeccionar el departamento, ubicado en la zona centro de la ciudad. Era espacioso y se encontraba en la séptima planta de un edificio de diez pisos. El living contaba con tres sillones color ceniza, una lámpara de piso y una hermosa mesa de centro de caoba, que combinaba muy bien con la mesa del comedor, que tenía una base también de caoba, pero su cubierta era de vidrio templado. La complementaban las ocho sillas de un tapizado café oscuro sin diseño. También había una enorme biblioteca junto al mueble de bar, que exhibía, además de libros, fotografías de Laura, JP y su tercer hermano, que compartía con JP los rasgos del cabello negro y los ojos almendrados color ámbar. Todo el lugar se veía beneficiado por la espectacular luz que proporcionaban los enormes ventanales que daban al balcón. La cocina quedaba a un costado de la puerta de entrada: era larga pero no amplia y estaba muy bien equipada. De las tres habitaciones que rodeaban el salón principal, la de JP era la única con baño y acceso al balcón. El decorado del departamento era simple y los colores que predominaban eran los negros, cafés y blancos. Sin embargo, al costado de la habitación principal, había una muralla teñida de coloridos dibujos que, por los mensajes, debían ser de pacientes que parecían tenerle mucho cariño al doctor.

Más tarde, Laura y Bárbara, sentadas en el balcón, ahondaron en la historia de sus respectivas familias. Laura se enteró de que el padre de Bárbara había fallecido cuando era pequeña, y por los escasos recuerdos casi no hablaba de él. Su madre se llama Carmen, era una profesora jubilada que vivía sola en la zona sur de la capital y disfrutaba viajando con sus amigas gracias a las tarifas rebajadas que el Servicio Nacional de Turismo le daba al adulto mayor. Mantenían una buena relación, lo cual favorecía a no perder el contacto con sus hermanos. Juan era el mayor. Tenía cuarenta años y era abogado. Estaba casado con Andrea y tenían dos hijos: Camila de tres años y Julio de seis. Con pesar le confesó que no veía a sus sobrinos con frecuencia debido a la mala relación con su hermano. Cuando Laura le preguntó la razón, Bárbara lo atribuyó a incompatibilidad de caracteres. Pese a todo, trataban de mantener la fiesta en paz cuando se veían por respeto a su madre. Berta era la del medio. De profesión contadora auditora, al igual que su novio Álvaro, con quien llevaba una relación de años, pero sin hijos porque creía que representaban un estancamiento en el ámbito laboral. El vínculo con Berta era más cercano, aunque tampoco rozaban los límites de la amistad. No tenía abuelos y los pocos tíos que tenía por parte de su padre habían desaparecido cuando él murió. Laura, por su lado, le complementó la historia de su familia. Su madre se llamaba Patricia, era asistente social y en la actualidad directora de una fundación en la Región de los Lagos. Su padre Alejandro era traumatólogo y cirujano ortopedista, trabajaba en el hospital de Puerto Montt y tenía una consulta privada en Puerto Varas. Ambos eran oriundos de Santiago, pero habían decidido mudarse cuando su madre quedó embarazada de JP. Le dijo que eran una familia numerosa, pero que lamentablemente ninguno de sus abuelos estaba vivo. Al terminar la conversación, Bárbara le dijo que iría a dar un paseo a la playa para reemplazar el trote.

Caminando por la orilla del mar, con el viento azotando su rostro, recordó que debía llamar a Cristóbal para comentarle lo sucedido. Durante el último mes se habían visto con regularidad, y aunque él insistía con los coqueteos, Bárbara disfrutaba de su compañía. Era gracioso y los discursos moralistas no iban con él, aquello le agradaba.

Comenzaba a hacer frío. Se envolvió en su chaleco de lana controlando el estremecimiento que sentía cuando el aire susurraba en sus oídos. En tardes como estas ansiaba fumar un cigarrillo. Pero apartaba ese pensamiento al recordar lo mucho que le costó dejarlo cuando se mudó a Viña del Mar. Se concentró en nuevas locaciones para fotografiar y en los rostros que veía a su alrededor para inmortalizar. Amaba rescatar esos momentos en los que las personas parecían estar inmersas en sus batallas. Casi podía adivinar por sus expresiones cómo cada uno encontraba la forma de hablarle a su conciencia, intercambiando opiniones que solo servían para calmar su afligido interior. Se sentó a observar las olas que rompían a un compás melódico. La imagen de JP se le vino a la mente. Había sido atento con ella desde que acordaron una tregua. Le había sorprendido lo cercano que podía ser con alguien que apenas conocía. Al parecer era un rasgo de familia, pues también lo había notado en su hermana. Laura le reveló que salía con amigas, pero con ninguna mantenía algo serio.

Aunque tampoco se lo había asegurado. Bárbara se mostraba desinteresada cuando su amiga hablaba de su hermano. No obstante, el mariposeo que sentía al verlo era imposible de evitar.

Cuando llegó al departamento, JP fue quien abrió la puerta.

—¿Dónde estabas? Laura me dijo que saliste hace horas.

«Y aquí está él, preocupándose por una desconocida», pensó.

—Salí a caminar, papá. No llevé el celular porque como verás —levantó las manos— es un poco difícil usarlo.

—¿Puedes pasar, por favor?

—¿Dónde está Laura?

—Salió con unas amigas. Me iré a cambiar, vuelvo enseguida.

Bárbara cayó en cuenta de que era sábado y probablemente JP tenía planes.

—¡Me voy a mi departamento! —le gritó.

Fue por su bolso a la habitación de invitados, puso su ropa como pudo y se dirigió al baño para recoger sus útiles de aseo. Estaba tratando de agarrar el cepillo de dientes cuando vio a JP apoyado en el marco de la puerta con los brazos y pies entrecruzados. Vestía unos jeans, una polera azul y estaba descalzo.

—Por mí no te detengas.

—No pretendía hacerlo —se agachó y tomó el cepillo con la boca.

JP meneó la cabeza y le bajó el bolso del hombro.

—Nunca pierdes, ¿verdad? —le quiso quitar el cepillo de la boca, pero ella lo retuvo con los dientes. Esta vez no se esforzó, solo le hizo cosquillas para que lo soltara—. Gracias —dejó el cepillo sobre el lavabo.

—No quiero interrumpir tus planes… —un estremecimiento la recorrió cuando él la aproximó delicadamente hacia sí desde la cintura.

—Eso es justamente lo que estás haciendo. —Se quedaron mirando por unos segundos, luego JP se movió para permitirle el paso—. ¿Quieres beber algo?

Bárbara salió del baño con la sensación de que aceptar era su única alternativa.

—¿Tienes vino?

—Creo que sí —se fue al bar y chequeó lo que tenía—. ¿Carménère o cabernet?

—Me da igual —respondió ella desde el living.

Descorchó un cabernet. Le sirvió una copa y agregó una bombilla para que no tuviera problema en tomarlo. Él se sirvió un vaso de whisky y llevó ambos tragos a la mesa de centro. Antes de sentarse, fue al baño en busca del botiquín.

—¿Siempre eres tan atento?

JP sonrió mientras le sacaba las vendas.

—Me gusta ser buen anfitrión. Más con mujeres tercas —levantó la vista—, de mirada rebelde.

Bárbara le apartó la mano.

—No sigas haciendo eso.

—¿Qué? —preguntó divertido.

—Eso… —se sintió molesta por no encontrar las palabras para explicarle que la forma en que la miraba la ponía nerviosa.

—No sé a qué te refieres —pero tenía una idea y le encantaba su reacción. Le tomó la mano nuevamente y cambió el tema para relajar la conversación—. ¿Por qué no me cuentas cómo se conocieron con mi hermana? Pero la verdad —le advirtió.

—¿Qué fue lo que ella te dijo?

—Que se encontraron en la playa, conversaron, luego la invitaste a desayunar y el resto ya lo recordarás.

—Te dijo la verdad.

—Conozco muy bien a mi hermana, sé que hay algo que me está ocultando.

—Tiene veinticuatro años, Juan Pablo…

—JP.

—¡Qué honor!

—El cual vas a perder si continúas con esa actitud.

Ella sonrió.

—Que tu hermana tenga veinticuatro significa que es una mujer adulta, con la facultad de decidir si quiere o no involucrarte en sus rollos amorosos.

—¿Le hicieron algo? —preguntó con seriedad.

—Nada que amerite armar un escándalo —aunque le pareció lindo que se preocupara—. Tu hermana está bien. Es un poco capullito, pero ya se le va a pasar.

—Yo no quiero que se le pase.

—Ese es tu problema y ya me hiciste hablar mucho. ¿Cómo está tu paciente?

—Bien.

—¿Qué tenía?

—La operé hace unos días por una curvatura en la columna, se llama escoliosis. Es una afección que generalmente no necesita intervención, pero la curvatura de ella era muy pronunciada y el potencial de crecimiento aún era alto. Eso quiere decir que la curva también iba a crecer, lo cual complicaba el panorama. ¿Puedo saber a qué se debe esa sonrisita?

—Pareces un médico cuando hablas.

—Lo voy a tomar como un cumplido, aunque estoy casi seguro de que no lo dijiste con esa intención. ¿Las sientes ajustadas?

—No, están bien. ¿Tus pacientes te hicieron los dibujos de la muralla?

—Así es. ¿Quieres hacerme uno?

—Me encantaría, pero mi doctor me dijo que no podía hacer nada con las manos.

—*Tu doctor* tiene toda la razón.

—No es mi doctor —corrigió avergonzada—. No quise decir que fueras…

—Sé lo que quisiste decir, pero prefiero quedarme con lo que dijiste —terminó de fijar las vendas—. Listo, señorita.

—Gracias —tomó la copa con ambas manos—. ¿Es muy difícil trabajar con niños?

—No me parece, aunque sí hay que tener más paciencia porque son más inquietos.

—Hmmm. Apuesto a que siempre supiste que querías ser doctor.

—Somos un cliché, ¿verdad?

—Completamente. ¿Escogiste traumatología por tu papá?

JP dejó el botiquín sobre la mesa y tomó su vaso.

—No niego que tener a un traumatólogo en la familia me ayudó a saber más sobre la especialización. Pero mi decisión está basada en lo que constaté en el ejercicio —bebió un poco de whisky—. ¿Qué hay de ti? Laura me comentó que eres diseñadora, pero haces de todo un poco. «Lo que venga», me dijo con un tono de fascinación.

—¿Qué tiene de malo? —preguntó seria—. No todos tenemos la película clara desde la pubertad. Lo importante es no quedarse en un lugar cuando sabes que no es el tuyo.

—¿Por qué siempre andas a la defensiva? No he querido insultarte y lo sabes.

—Es muy común que la gente juzgue.

—No te estoy juzgando. Todo lo contrario. Valoro mucho a las personas que tienen la capacidad de reinventarse.

Bárbara admitió que tal vez había sobrerreaccionado.

—Tengo una empresa con un amplio giro. «De todo un poco» —se burló—. Pero últimamente me he especializado en servicios fotográficos. En esa área he descubierto la decoración de interiores. De hecho, ayer estaba terminando unos cuadros cuando tuve el accidente.

—Vi las imágenes sobre tu escritorio.

—¿Te gustaron?

—Mucho. ¿Tú las tomaste?

—Exclusivamente para el bar «El Rincón».

—¿«El Rincón»? —repitió JP con suspicacia—. ¿El bar de Cristóbal?

—¿Lo conoces?

—Es mi mejor amigo.

—¿En serio? —él asintió con un dejo de molestia—. El mundo es un pañuelo. Salud por la coincidencia.

JP hizo chocar su vaso con la copa, sin poder sacarse de la cabeza lo que su amigo le confidenció.

—Supongo que tú eres la mujer a quien quiere morderle los labios.

—¿Cómo voy a saberlo? —expresó risueña.

—Por supuesto que eres tú —masculló irritado—. ¿Te los mordió?

Bárbara simuló estar recordando. JP se paró para rellenar su vaso, aun cuando no lo necesitaba. A ella le causó gracia su reacción. ¿Estaba celoso?

—¿A ti qué te importa si me los mordió?

—No me importa.

Pero la imagen de su amigo besándola contradecía lo dicho. Bebió un buen sorbo de whisky y regresó junto a ella.

—¿Cómo se conocieron?

—Por trabajo. Tu amigo me cae muy bien.

—Sí, él es un tipo muy simpático. «Especialmente con las mujeres», pensó. No me has respondido, ¿te los mordió?

—Para ser alguien a quien no le importa mucho el tema, eres bastante insistente.

—Lo pregunto porque eres la amiga de mi hermana —dejó el vaso sobre la mesa—. Aunque no tengo idea cómo llegaron a serlo.

—¿Eso qué significa? —desenredó las piernas y se levantó—. ¿Es muy extraño para ti que yo encaje con alguien de tu círculo?

—No quise ofenderte —la retuvo cuando ella se marchaba—. Si lo dije, fue porque eres muy distinta a las amigas de mi hermana. En cuanto a Cristóbal, no me gustaría que se sobrepasara contigo.

Bárbara se soltó de sus brazos.

—No necesito que me protejas de tu amigo. Sé cómo funcionan las cosas con tipos como él y no me gusta que me veas como una mujer a la que pueden engañar.

—Disculpa por haberte tratado con tan poca delicadeza —ironizó visiblemente enfadado—. Parece que te acomoda que te vean como objeto. Tal vez deberías dejar que Cristóbal te pruebe los labios.

—Para tu información, sabelotodo, ya lo hizo —se dirigió a la habitación cerrando de un portazo.

JP se quedó maldiciendo a Cristóbal y a ella por decírselo.

3
Los celos

Tras enterarse del beso, JP optó por alejarse de Bárbara, sabiendo que de otra forma las cosas se complicarían. A través de su hermana la derivó a un colega para que continuara con las curaciones en la clínica. Luego no quiso saber más de ella.

Bárbara estaba convencida de que el distanciamiento impuesto por el doctor era lo mejor. Se concentró en la decoración del bar y, aunque el trabajo lo entregó con unos días de retraso, el resultado le había agradado a Cristóbal. Luego de finiquitar los asuntos laborales, continuaron frecuentándose como amigos, sin embargo, él no dejaba pasar oportunidad para intentar algo más.

Con el bar remodelado, Cristóbal decidió reinaugurarlo con una fiesta privada que daría el sábado. Bárbara aceptó la invitación a pesar de la probabilidad de encontrarse con JP. Cristóbal ignoraba que ella conocía a su mejor amigo, porque, tras dos semanas, Bárbara tenía la certeza de que JP tampoco se lo había mencionado. Así que lo dejó pasar.

Un día antes de la reinauguración, mientras Bárbara cenaba con Laura en su departamento, la conversación sobre la fiesta volvió a surgir entre ellas.

—¿Me vas a acompañar?

—Prefiero no ir, Barb —respondió Laura en un tono de disculpa—. Quiero mucho a Cristóbal, pero su actitud de donjuán me molesta un poco.

—A mí me molestan más los santurrones —pensó específicamente en JP—. Con Cristóbal por lo menos sabes a lo que vas. —Sintió la intensa mirada de Laura—. ¿Qué?

—¿Te gusta Cristóbal?

—No es mi tipo, pero me cae bien. Tal vez es mujeriego, pero él no engaña a nadie, Laura. Te aseguro que las mujeres que se involucran con él saben perfectamente con quien se están metiendo.

Laura recordó su primer encuentro en la playa.

—¿Sabes si tu hermano irá a la fiesta?

—No me ha comentado nada, pero si quieres le pregunto.

—No, está bien —dijo con premura—. No le preguntes nada.

—¿Qué onda tú y mi hermano?

—¿Qué onda con qué?

—Hace unos días traté de contarle sobre nuestro paseo a la Laguna Verde, pero me dijo que no estaba interesado en los detalles. Antes hablábamos de ti sin problema y ahora se enoja cuando te nombro. ¿Por qué no me dices qué pasó entre ustedes?

—Te lo diría si lo supiera —dejó el tenedor y corrió el plato—. El fin de semana que me quedé en tu departamento discutimos. Después de eso no quiso verme más.

—¿Sobre qué discutieron?

—No sé, ya ni me acuerdo —mentía; lo tenía muy presente—. No le des tantas vueltas. Yo no le caigo bien, es todo.

Laura intuía que había algo más, pero no insistió.

—Tengo que irme. ¿Te veo el domingo?

—Sí, nos juntamos en el centro. Deja ahí, luego recojo.

Laura se marchó, dejando a Bárbara inquieta por el modo en que resultaría el reencuentro con el doctor.

El sábado por la mañana, JP estaba en el comedor, leyendo el periódico, cuando Laura salió de su habitación. Lo abrazó por la espalda y le dio un beso en la mejilla.

—Buenos días.

—¿Cómo dormiste?

—Como un bebé —se sirvió un vaso de leche y se sentó junto a él—. ¿Qué lees?

—¿Qué te parece que leo? —preguntó bebiendo su café sin apartar la vista del periódico.

—Me refiero a la noticia, simpático.

—Típicas peleas políticas.

Laura agarró una tostada y le untó mermelada.

—¿Irás hoy a la fiesta del bar?

—¿Cristóbal te invitó?

—No, pero invitó a Barb.

—Por supuesto que la invitó —dijo crispado y tiró el periódico sobre la mesa.

—¿Tienes algún problema con que vaya?

JP hizo un gesto de rechazo categórico.

—¿Están saliendo?

—¿Por qué iban a estar saliendo? Además, Cristóbal es tu mejor amigo, ¿no deberías estar al tanto de eso?

—No he hablado mucho con él —la verdad es que lo había estado evitando las últimas dos semanas.

—A Barb no le interesa Cristóbal —le reveló Laura y agarró el periódico.

—¿Por qué lo dices?

—Le pregunté y me dijo que no era su tipo, aunque le cae bien.

—¿Y tiene por costumbre besar a todos los que no son su tipo, pero le caen bien?

Laura apartó el periódico y lo miró como quien escucha un chisme sabroso.

—¿Le dio un beso?

—Ella me lo dijo el sábado que estuvo acá.

Laura enmarcó lentamente una sonrisa, ahora entendía por qué discutieron.

—Te gusta Bárbara, no lo niegues.

—No seas ridícula —se paró—. No estoy interesado en tu amiga y no comiences a suponer cosas. Respondiendo a tu pregunta: sí, iré a la fiesta.

—¿Acompañado? —JP enarcó una ceja—. «Una simple pregunta requiere una simple respuesta» —era lo que siempre le decía él cuando le preguntaba algo.

—Sí. Me voy al gimnasio, nos vemos luego —le dio un beso en la cabeza y se marchó.

—Guardadito te lo tenías, amiguita —se dijo Laura y le escribió para saber más detalles sobre el beso.

A la fiesta privada de Cristóbal asistieron unas ochenta personas que consumían como si el bar estuviese en su máximo apogeo. Para quienes frecuentaban «El Rincón» los cambios eran evidentes. La nueva barra de roble con detalles de iluminación, las vitrinas hechas a la medida para los tragos, la renovada selección de instrumentos en el sector del karaoke y las destacadas imágenes en torno al salón le daban un *look* fresco al lugar. Camino a la barra, JP se quedó observando las mismas imágenes que vio en el escritorio de Bárbara, pero ahora montadas en cuadros que realzaban aún más su trabajo.

—¿Te gustan? —le preguntó Cristóbal.

—Son muy buenas. Te quedó increíble el bar. ¡Felicitaciones!

—Gracias, Pelao —le dio dos palmadas en la espalda—. Esta parte la hizo Bárbara, la persona que te…

—Sí, ya sé quién es.

—¿La conoces? —preguntó Cristóbal debido al tono empleado.

—Casualmente, sí. Es amiga de mi hermana.

—¿De Laura?

—Es la única que tengo, ¿no? —Caminaron hacia la barra—. No me preguntes cómo, pero el asunto es que son amigas.

—¿Por qué no me dijiste que la conocías?

—Hace poco supe que se trataba de la misma persona y no tuve oportunidad de comentártelo.

—¿Y? —levantó la barbilla—, ¿qué te pareció?

—Es linda —dijo con desinterés.

—Pero arriesga un calificativo más expresivo.

—Solo la he visto un par de veces. Además, no me gusta hablar así de las mujeres.

—Tan correctito, Pelao.

—No se trata de ser correcto o no. Pero así como no me gusta que hablen de mi hermana en ese tono, tampoco me corresponde hablar de otra mujer…

—Qué manera de ponerte latero, weón.

—Entonces no me preguntes huevadas.

Cristóbal se aproximó a él y le preguntó con un mohín de preocupación.

—¿Por qué tan sensible?, ¿andamos en esos días?

—Idiota. —Solicitó una cerveza al barman—. Laura mencionó que la habías invitado.

Cristóbal asintió mientras le coqueteaba a una mujer frente a ellos. JP miró por sobre su hombro y constató lo que hacía su amigo.

—Pensé que de verdad te gustaba Bárbara.

—De verdad me gusta —volteó hacia la barra—. Se me hizo la difícil, pero yo creo que, dándole un poco de tiempo, vamos a lograr una linda amistad con ventaja.

A JP le pareció extraño que no mencionara el beso.

—¿Nunca ha pasado nada entre ustedes?

Cristóbal negó con la cabeza.

—Cuando la conocí, me dio un beso todo cagón. Lo bueno es que me prometió que si alguna vez quería divertirse, acudiría a este pechito —se pegó en el pectoral—. Y aquí estoy, esperando a que se anime —escucharon un retumbar de vidrios—. Es la tercera vez que me quiebran vasos estos weones —se fue refunfuñando a la cocina.

JP se quedó pensando qué diablos significaba «cuando quiera divertirse». Crispado agarró su cerveza y volvió con su grupo de amigos.

Media hora más tarde, JP la vio entrar al bar. Vestía una holgada blusa de algodón gris que le llegaba por debajo de la cadera, una mini ajustada negra, pantis y zapatos bajos de igual tonalidad. El pelo lo traía suelto y el maquillaje complementaba su simpleza. Cristóbal fue a su encuentro. La recibió con un abrazo seguido de un intento de beso en la boca. Ella lo detuvo enmarcándole la cara.

—Eres el hombre más insistente que conozco.

—El que la sigue la consigue.

—¡Interrumpo!

Bárbara dejó de sonreír al ver a JP. Llevaba un sweater cuello smoking, jeans azul oscuros y zapatos de gamuza café.

—La verdad sí, Pelao, pero ya que estás acá. Supe que se conocen —le reveló a Bárbara.

—Lo he visto un par de veces. ¿Cómo estás?

—Bien, ¿y tú?

—Bien.

Cristóbal notó cierta tensión en la forma en que se trataban.

—¿Algún problema?

—Ninguno —Bárbara abrazó por la cintura a Cristóbal . Juan Pablo es hermano de una amiga mía.

—Hoy me enteré. Eso solo prueba que estamos destinados —dijo coqueto—. Te invito un trago, bonita.

Bárbara sintió un torrente de celos, que disimuló con un rostro inexpresivo, cuando una mujer le agarró el brazo a JP. Era delgada, de piernas increíblemente largas, lo que le daba un aspecto de maratonista olímpica. Su rubia cabellera, su perfecto cutis y su lindo vestido estampado le dieron una idea del tipo de mujeres que le gustaban al doctor.

—Te estaba buscando, Juan Pi.

—Menos mal que lo encontraste, Igna —se burló Cristóbal, algo que hizo reír a Bárbara—. Es una broma, Nachita, sin enojarse. Te presento a Bárbara.

—Hola, Igna.

—Soy Ignacia para las desconocidas —le aclaró molesta.

JP tampoco se veía contento, pero su motivo era ajeno a su acompañante.

—Entonces me toca llamarte, orgullosamente, Ignacia.

Ignacia sonrió con desdén.

—¡Qué simpática tu amiga, Cris!

—Es el humor capitalino —justificó Cristóbal para distender el ambiente.

—Con razón no te había visto.

—Probablemente, porque sería una tontera pensar que tú no conoces a todas las personas que viven en Viña, ¿cierto?

—Conozco a mucha gente. Pero tienes razón, linda, tú y yo no creo que frecuentemos los mismos círculos.

JP y Cristóbal se miraron desagradados por el comentario.

—También lo creo. De hecho, si te viera muy seguido, sabría que estoy haciendo algo mal en mi vida.

—Me parece que esta discusión está de más —intervino JP—. Deberías aceptar ese trago que te ofrecieron, Bárbara.

Cristóbal sonrió por lo que consideró una ayuda de su amigo.

—Era justo lo que iba a hacer. ¿Vamos? —le dijo a Cristóbal.

JP los vio alejarse y por primera vez sintió celos de su amigo.

Durante la noche, Bárbara intercambió intensas miradas con JP, aunque ninguno se acercó al otro. Él permaneció con su grupo de amigos mientras Bárbara se unía a las personas que Cristóbal le presentaba. Luego de compartir con sus invitados, el anfitrión y Bárbara se quedaron conversando. Fue así como ella se enteró de que él y JP se conocían desde hace veinte años. Cristóbal le aclaró que no era oriundo de Puerto Varas, pero iba todos los años de vacaciones a la casa de sus tíos y por medio de su primo se habían conocido. Le relató con gracia que, en un comienzo, no se cayeron bien, pero con el tiempo habían limado asperezas, aceptándose tal como eran. Le contó anécdotas sobre su adolescencia, que le dieron una idea a Bárbara de lo distintos que eran el doctor y el dueño del bar. Sin embargo, por las historias relatadas, conjeturó que ambos se protegían y querían mucho. Por lo menos, a Cristóbal se le notaba en cada palabra que le dedicaba a su amigo.

Pasadas las dos de la madrugada, Ignacia le dijo a JP que quería irse. Él estuvo de acuerdo. Bárbara estuvo pendiente de ellos hasta que abandonaron el bar. Aquello la llenó de rabia, por las insinuantes miradas de JP durante la noche; y de tristeza, porque el doctor le gustaba más de lo quería reconocer.

Una hora más tarde, Bárbara reía a carcajadas con Cristóbal en la barra. En medio de un brindis, la puerta de entrada se abrió.

Hastiado de verlos una vez más juntos, JP se dirigió hacia ellos. Se sentó al costado izquierdo de Bárbara, dejándola entre Cristóbal y él.

—Fuiste rápido, doc.

—No seas vulgar —solicitó un café al barman.

Bárbara notó su malhumor, pero continúo molestándolo.

—Cafecito en un bar, muy de tu estilo. —A Cristóbal le entretenía el humor de Bárbara—. Creo que deberías pedirte una medialuna, no te vayas a descompensar. ¿Tienes una medialuna para el doctor?

—Por mi Pelaito puedo conseguir lo que sea.

El margen de tolerancia que JP manejaba a estas alturas era casi inexistente. Había tenido que aguantar la escenita de Ignacia fuera de su departamento, por no quedarse con ella; y ahora era objeto de burla de su amigo y de una mujer que le producía deseo y enojo al mismo tiempo. Se adelantó a la barra y le dijo a Cristóbal:

—Necesito hablar con la señorita, ¿podrías darnos unos minutos, por favor?

Cristóbal dejó de sonreír paulatinamente al comprender que algo pasaba entre ellos. Aunque molesto, prefirió no encarar a su amigo en ese momento.

—Te veo luego, bonita.

Bárbara giró para quedar frente a JP.

—¿Cuánto va a durar el sermón? —levantó su trago—. ¿Es suficiente con esta caipiriña o pido otra?

—Creo que ya bebiste suficiente —dijo acercándole la taza que le pusieron sobre la barra.

—No quiero café. Y como adulta que soy, yo voy a decidir si dejo de beber, así que ya te puedes ir.

—Si te comportaras como una adulta, tal vez te podría tratar como tal —le susurró—. Y no quiero dejarte sola, porque tengo la sensación de que borracha haces algunas estupideces de las que te puedes arrepentir.

Bárbara soltó una risa desganada.

—¿Cómo cuáles según tú?

—Acostarte con un amigo por despecho, por ejemplo.

El rostro de Bárbara se endureció.

—¿Quién te dijo que sería por despecho? Por lo menos, Cristóbal no aparenta ser alguien que no es.

—¿Y yo sí?

—Viniste con una rubia que parecía salida de la maldita cúpula de los deseos; sin embargo, no paraste de mirarme.

—Entonces eres igual de hipócrita que yo, porque tú tampoco dejaste de mirarme. Y te recuerdo que no te has despegado de Cristóbal.

—Hay una diferencia, yo no vine con él —se paró con evidente enojo y se marchó.

JP pagó el café y fue tras ella. La vio subir a su auto y corrió para alcanzarla antes de que cerrara la puerta.

—¡Cómo se te ocurre que vas a manejar! —la agarró del brazo para levantarla del asiento.

—¡Suéltame, maldito santurrón! —trató de zafarse de las manos de JP, pero él no lo permitió.

—Si no me acerqué a ti, fue porque te involucraste con mi mejor amigo.

—Fue un beso sin importancia.

—Por insignificante que fuera, un beso es suficiente para alentarlo a creer que algo podría pasar entre ustedes. ¿Cómo crees que me hace sentir eso?

—¿Cómo voy a saberlo si veo que te apareces con otra mujer cuando sabes que yo estaré acá?

—¿Pasó algo más entre tú y Cristóbal?

—Eres un imbécil.

—Voy a tomar eso como un no —la atrajo desde la nuca y le dio un beso apasionado, brusco y lleno de urgencia. Sus lenguas comenzaron a moverse con una coordinación que dejaba poco espacio al acto de respirar. Se entregaron al momento que tanto se habían esforzado en evitar. JP la deseaba y, pese a la rabia que Bárbara había acumulado durante la fiesta, ansiaba ser acariciada por él. Al separarse, se miraron con una agitada complicidad.

Regulando su respiración, ella rompió el silencio:

—¿Te acostaste con la rubia?

—Por supuesto que no —la abrazó por la cintura y le dio otro beso, pero esta vez fue suave y lento.

—¿Qué pasa? —preguntó Bárbara cuando él volteó al oír a unas personas salir del bar.

—¿Podemos irnos? No quiero que Cristóbal nos vea.

—¿A mi departamento?

JP asintió.

—No tan rápido —la retuvo para que no subiera a su auto—. ¿Cuánto bebiste?

—Tú también bebiste.

—Solo fueron un par de cervezas y fue hace horas.

Bárbara pensó en las tres caipiriñas que ella bebió, pero no dijo nada. Cerró la puerta de su auto y se fue con él.

Entraron al departamento besándose y casi arrancándose la ropa.

—Dame un minuto —le pidió Bárbara para cerrar las cortinas.

JP dejó las llaves y la billetera sobre la mesa, en tanto observaba lo impecable que lucía el lugar.

—Tu departamento se ve distinto a la última vez.

—Preferí ordenar en caso de que la conquista de hoy fuera quisquilloso. —A JP no le hizo gracia el comentario—. ¿Mala broma?

—De muy mal gusto.

—Sí, bueno, así soy yo —se paró frente a él con las manos en la cintura—. Si quieres caviar, seguro la Nachita te ayuda.

JP la atrajo hacia sí desde la blusa.

—Ignacia es una amiga.

—Igual que yo.

—Tú no eres mi amiga ni quiero que lo seas —desde las nalgas la subió sobre él.

—¿Necesitas que te indique dónde está la habitación?

—Creo que recuerdo el camino.

Tendidos sobre la cama, JP recorrió sus desnudos pechos. Los sumergió en su boca mientras Bárbara expresaba el placer que le producía la calidez de sus besos. Con un delicado roce, JP descendió con la mano por su abdomen. Sintió su estremecimiento y continuó más abajo. Repitió una y otra vez el mismo recorrido hasta que la súplica de Bárbara lo obligó a arremeter entre sus piernas. Estaba húmeda y eso lo llevó a un punto de excitación superior. Ella se puso de lado aprisionando la mano que JP tenía en su interior. Se meneó para aumentar la estimulación. Sus tensos movimientos y esos virtuosos dedos, que la manipulaban con una antojadiza intensidad, iban en búsqueda de una inigualable sensación. Una que finalmente comenzó con una retenida y deliciosa presión que ella disfrutó con cada pulso de su cuerpo. Fascinado, retiró la mano y la besó. Bárbara se subió sobre él. Con una lenta caricia enredó los dedos en su velludo pectoral. Bajó hasta la pretina del pantalón y lo desabrochó. Introdujo su mano y le masajeó el miembro. Quería tentarlo como él lo había logrado con ella. Sus ahogados quejidos le indicaban que se estaba conteniendo. JP quería darle más tiempo a esa incitadora provocación. Bárbara le esparció el líquido preseminal con la mano. Se paró y terminó de quitarle la ropa. Desde el velador sacó un condón. Lo deslizó suave sobre el miembro. Cuando terminó, JP la inclinó hacia él y, separando sus piernas, la penetró. Se besaron envueltos en una atmósfera de deseo carnal. Cambiaron de posiciones aprovechando los diferentes ángulos para recorrerse. Cuando sintió que Bárbara se contraía, aceleró el ritmo y le pidió que lo mirara. Con un explosivo gemido, ella recibió su segundo orgasmo. Un instante después, JP sintió el mismo frenesí en su interior.

JP estaba recostado en la cama cuando ella regresó del baño. Desnuda se paró frente a él.

—¿Qué haces? —preguntó sonriendo por lo desvergonzada que se veía.

—Dejo que me observes —se veía segura, aunque estaba nerviosa—. No soy perfecta, así que quiero que me veas tal como soy. ¿Por qué? Porque otra cosa que tampoco soy es cohibida y me gusta andar en cueros cuando estoy en mi casa. Si no te gusta algo, bueno, te puedes ir y aquí no ha pasado nada.

Todo semblante de diversión en JP se disipó. Su rostro se tornó duro y su mirada destellaba irritación. Pensó en lo fácil que era para ella pasar de un estado de lujuria a uno de completo control.

—Ok —aceptó con un tono sereno—. Prende la luz principal, por favor —extendió la mano para apagar la lámpara del velador.

Extrañada, Bárbara fue hasta el interruptor. JP desvió la intensidad interponiendo la mano sobre su cara.

—Déjame ver el frente primero —se percató de que la solicitud no le gustó, pero ella se lo había buscado. Él jamás habría prestado atención a cada detalle de su cuerpo de una forma tan poco delicada—. Acércate más, no veo de tan lejos. —Bárbara no se movió evidenciando su molestia—. ¿Algún problema?

—Creo que ves bastante bien desde ahí. ¿Puedes apurarte?

—Eso va a depender de cuántas imperfecciones tengas en el cuerpo. Si tienes muchas, voy a tener que evaluar si quiero seguir acostándome contigo. ¿No era esa la idea? —Bárbara no cedió ante su endurecido semblante—. ¿Por qué siempre tienes que ser tan insoportable? —se levantó de la cama—. ¿Realmente crees que soy tan superficial?

—Solo quería que me vieras tal como soy. No me gusta esconderme, y si no tengo certeza de que me has visto completamente, entonces me andaré tapando.

—Para tu tranquilidad, tengo una imagen bastante acabada de tu cuerpo y todo lo que vi me encantó. Y solo para dejarlo claro, mi expectativa no es que seas perfecta, pero sí aspiro a que, de aquí en adelante, no sabotees cada momento en el que estamos bien —la acercó entrelazando su mano en el cabello de Bárbara—. ¿Podrías hacerme el favor de dejar la estupidez y volver a la cama conmigo?

No sabía si era el tono o la seguridad que mostraba, pero algo la había vuelto a excitar. «Maldito doctor, cada vez me gusta más», pensó.

—Podría, pero tengo hambre y no es un intento por sabotear lo que quieres hacer… De verdad tengo hambre —repitió con convencimiento.

—Está bien, te acompaño. —Cuando ella quiso tomar su camisa, él se la quitó—. Esta camisa es mía y dado que a ti te gusta andar en cueros, no veo la necesidad de que la uses —la volteó y le dio una nalgada—. Camina —él también se fue desnudo; tampoco tenía nada que esconder.

Los rayos se vislumbraban a través de las cortinas cuando JP despertó. Se dio vuelta para abrazar a Bárbara, pero se irguió al ver una nota sobre la almohada que decía: *Fui a correr.*

—Peleadora y loca —se dejó caer nuevamente en la cama.

Bárbara corría por la orilla del mar en una otoñal mañana soleada. La brisa marina refrescaba su rostro, dejándole sentir la salinidad del agua. Era uno de los tantos encantos del lugar que había escogido para empezar de nuevo. Habían pasado cinco meses desde aquella noche en que todo cambió para ella. Desde entonces se había enfocado en trabajar, vivir el día a día y no involucrarse sentimentalmente con nadie. Pero las circunstancias y sus propios sentimientos la habían vinculado inevitablemente con el hermano de su amiga.

De regreso a su departamento, lo vio por la ventana. Estaba parado frente al mueble de cocina, de espaldas a la entrada. Tenía el pelo mojado, llevaba la ropa del día anterior y estaba descalzo. Inquieta, bajó la cabeza por unos segundos. «Sé natural, como si nada hubiese cambiado», se aconsejó.

—Hola, Juan Pi.

Él volteó sosteniendo una taza de café y un menú de comida a domicilio.

—¿Cómo estuvo la ducha?

—Solitaria, y no me llames así. JP o Juan Pablo está bien —le dio un beso—. Te saqué un cepillo de dientes nuevo que tenías en el mueble del baño.

—Ok, pero ese estaba reservado para otra de mis conquistas.

JP le pegó con el menú en la cabeza. Bárbara sonrió y le quitó la taza de café. Lo probó e hizo una mueca de desagrado.

—Un poco menos de café y un poco más de endulzante no le vendría mal.

—A mí me gusta así —recibió nuevamente la taza—. ¿Cómo puedes salir tan temprano a correr después de habernos dormido de amanecida?

—No es tan temprano —sacó la leche del refrigerador—, y correr me quita la ansiedad durante el día —quiso beber del mismo envase, pero JP la detuvo y le sirvió en un vaso.

—¿Por qué no vas a almorzar a mi departamento?

—Quedé de juntarme con tu hermana en el centro.

—Puedo llamarla…

—Y decirle ¿qué?

JP percibió la rigidez de su tono. Comprendió que antes de hacer planes, debían discutir un tema.

—Solo para estar en sintonía, ¿cómo se supone que vamos a funcionar según tú?

Bárbara suspiró; era el momento de aclarar su posición.

—Si vamos a continuar viéndonos, deberíamos hablar de algunas condiciones.

JP se quedó por unos segundos en silencio.

—¿Condiciones? —repitió serio.

—Tu hermana es importante para mí, y si la jodemos, no quiero tener que alejarme de ella porque esto —agitó el índice entre él y ella— no funcionó.

«Condiciones y esto», recapituló mentalmente JP. Corrió una silla y se sentó.

—Te escucho.

—Bien. Lo primero, es que deberíamos mantener esto como algo casual. Sin compromiso y nada de redes sociales.

—No las uso, pero anotado. ¿Qué más?

—Si alguno de los dos no quiere seguir, entonces nos lo decimos en la cara sin resentimientos. Esto es muy importante —enfatizó—. Necesito que quede claro que hay libertad de acción.

—Creo que la aclaración está de más. Pero si te deja tranquila, prometo no retenerte a la fuerza.

Dicho de esa forma, a ella también le pareció innecesaria la aclaración. Lo siguiente lo dijo con un semblante más amistoso.

—Sé que eres una persona muy peleadora, doc, por lo que mi promesa es que si te pones difícil, trataré de entenderte y no enojarme. Ahora, para que sea un trato igualitario, tú debes prometer lo mismo.

—¡Caradura! —Sonrieron—. Está bien, si tengo que prometerlo en función de un trato igualitario, entonces prometido.

—Vamos muy bien. Otra cosa importante es que no olvides que soy una mujer adulta, que sabe cuidarse. No pongas esa cara porque ayer comprobé que eres mandoncito y un poco obsesivo en temas de protección.

—No soy mandón —contradijo ceñudo— y mi p-r-e-o-c-u-p-a-c-i-ó-n no es algo que vaya a transar.

—Con que tengas claro que soy adulta y me sé cuidar, me doy por pagada —como no replicó, continuó—: Otro detalle, y lo destaco solo porque te ves medio machista —JP resopló—, cuando salgamos, a veces pagas tú, a veces pago yo y a veces pagamos a medias, ¿clarito?

—Como el agua.

—Otro punto es la familia. Sé que vienes de una muy tradicional, donde todos se aman y bla bla bla. Pero mientras salgamos bajo estos términos, nada de familia.

—Te mantendré bajo máximo secreto, no te preocupes.

—Perfecto… Por ahora no recuerdo nada más. Voy a bañarme…

—Aún no, fierita, me toca a mí —advirtió que el apodo le gustó—. No te voy a quitar mucho tiempo, lo mío es bastante corto. Primero, quiero exclusividad. Nada de conquistas ni amigos con ventaja.

—Eso suena como a tener una relación.

—Yo me adapto a tus condiciones, siempre y cuando, tú te adaptes a las mías, ¿clarito?

—«Como el agua» —respondió con una fingida sonrisa—. De todos modos, no era necesario mencionarlo, no pensaba acostarme con nadie más.

—No me malinterpretes, Bárbara. Imagino que debes tener tus códigos, pero quería dejarlo claro, ¿ok? —Ella asintió—. Lo segundo, es que quiero verte seguido.

—No sé cuál es la definición que manejas de *casual*, pero no debe ser la misma que yo conozco.

—No sería la primera diferencia que tenemos —se quedaron mirando, luego él se inclinó hacia ella y le tomó la barbilla—. Quiero seguir conociéndote, fierita, y para eso necesito verte.

Bárbara se mordió el labio.

—Tengo una pregunta, doc —se sentó en su regazo—: ¿Es normal sentirse excitada con un toque de barbilla?

—Si esa persona es con quien mantienes algo discutiblemente casual, es muy normal. De hecho, hay unos pasos que debes seguir cuando tienes ese tipo de reacciones —comenzó a besarle el cuello y a tocar los senos por debajo de la polera—. Como tu doctor, deberías seguir al pie de la letra todo lo que te diga.

Bárbara cerró los ojos para inundarse de esa placentera sensación.

—Creo que debería ir por una ducha antes.

—No puedo esperar tanto, lo siento…

4
Conociéndonos

Llevaban dos meses de algo casual, pero guiñándole el ojo al término relación. Laura había sido la más contenta cuando se enteró de que salían. A veces, para dar más privacidad a la pareja, optaba por quedarse en el departamento de su amiga.

Cristóbal, por el contrario, no tomó bien la noticia e increpó a JP por lo que catalogó como una deslealtad. Luego de un par de semanas de distanciamiento, Bárbara intervino consciente de lo mucho que se querían. Se dio el tiempo para relatarle a su amigo cómo se habían dado las cosas y le aseguró que JP no intentó nada hasta tener la certeza de que él no tenía ninguna oportunidad. La franqueza hirió un poco su orgullo, pero terminó por entender que la historia entre su mejor amigo y la santiaguina había comenzado antes de que él la conociera e incluso antes de que los involucrados lo supieran. Se reunieron los tres en el bar y zanjaron el asunto concluyendo que esta historia sería de Bárbara y JP.

Pese a sus fuertes temperamentos, congeniaban muy bien como pareja. Descubrieron aspectos en sus gustos y personalidades que los dejaron sorprendidos en una especial forma. Por ejemplo, que Bárbara era muy graciosa y no le importaba ponerse en ridículo con expresiones que desfiguraban su rostro cuando veía a JP leer un libro o estudiar la información de un paciente. Hacerlo reír era su objetivo y se valía de todo para conseguirlo. O que a ella no le gustaba que le regalaran flores, por considerar que era injusto arrancarlas de donde pertenecían. Esto lo supo JP una vez que llegó a su departamento con rosas rojas. Aunque ella las agradeció, le señaló que para la próxima bastaba con que le dijera qué flores quería regalarle y dónde se encontraban. Bárbara, por su parte, confirmó que JP era de carácter paternalista. Pero además era divertido y muy tierno. Le gustaba cómo la miraba cuando algo le había encantado de ella, como también los besos y cosquillas que recibía a consecuencia de eso.

A pesar de sus muchas diferencias, los dos primeros meses fueron fantásticos. Sin embargo, Bárbara no dedicó ni un minuto en proyectarse con él. Lo que tenían era suficiente para ella y para demostrárselo le preparó un regalo. Fotografió todos los dibujos que JP tenía en la muralla de su departamento e hizo un collage que organizó según sus diseños. Satisfecha con el resultado, lo enmarcó y el siguiente paso era llevárselo a la clínica.

Fue a la hora de almuerzo para sorprenderlo. Ya en el estacionamiento, se detuvo a pensar que tal vez no tendría tiempo para este tipo de visitas. Pero ya estaba ahí y, por lo demás, no le haría daño, para sus solitarias noches, ver a JP en bata.

Cuando estaba en la recepción, lo vio en el pasillo que daba a los boxes de consultas conversando con una mujer rubia y alta. Era de apariencia agraciada y de dentadura perfecta. «Tal vez sea la mamá de algún paciente», pensó. El detalle era que no había ningún niño a su alrededor. Además, a Bárbara le pareció que la mujer le agarraba el brazo de una forma muy familiar. La recepcionista le preguntó nuevamente a quién buscaba.

—Me equivoqué, disculpa. —Bárbara agarró el cuadro y se dirigió a la salida.

—¡Bárbara! —la llamó JP.

Ella se detuvo, maldiciéndose por haber venido. Se dio vuelta y enarcó las cejas con una fingida sonrisa.

—Hola.

JP se adelantó a la mujer y le dio un beso.

—¿Qué haces aquí?

Bárbara sentía el ardor en las mejillas, pero no sabía si de molestia o vergüenza.

—Andaba por acá y se me ocurrió pasar. Pero debí llamar antes, disculpa. Ya me voy.

JP le agarró la mano y le envió una mirada de advertencia para que no se fuera.

—Bárbara, te presento a Camila, una amiga de toda la vida. Casi mi hermana —añadió con cierto énfasis—. Está de visita en Viña y me pasó a ver.

Bárbara la saludó sintiéndose una idiota.

—He escuchado mucho sobre ti —le dijo Camila sonriendo—. Esperaba conocerte antes de regresar a Puerto Varas. Podríamos juntarnos para almorzar —se aproximó en plan de confidencia—. Te puedo contar cómo era JP de pequeño.

—Tal vez no seas tan buena amiga como pensé —rieron.

—Me encantaría.

—Le pediré tu número a JP para que nos pongamos de acuerdo. Me tengo que ir —se despidió de ambos y se fue.

—Vamos al box. Tengo tiempo antes de que llegue mi próximo paciente.

Apoyado en su escritorio, JP escuchaba las innecesarias excusas de Bárbara por haber venido.

—Ven —le tendió la mano para que se acercara—. No me molesta que vengas, todo lo contrario, me encanta. Pero si no te hubiese visto, en este minuto estarías haciéndote una idea equivocada de Camila y de mí.

—Puede ser, pero ya no importa...

—Sí importa. No quiero que te vayas cuando me veas en una situación así. Para la próxima lo aclaras y luego te vas.

—¿Y qué pasa si para la próxima no es tu amiga de la infancia como resultó ahora?

JP la miró con un semblante risueño.

—¿Me estás diciendo que no podrías controlar tus celos?

—No he dicho eso. Pero si estuviera celosa, no me gustaría que me vieras así.

—Acabo de decidir que me encantaría verte celosa. Creo que deberías venir más seguido, las mamás siempre son muy cordiales conmigo —le dio un beso—. ¿Ese paquete es para mí?

—Sí, pero como las mamás te quieren tanto, tal vez debería regalárselo a un doctor más desvalido.

JP se lo arrebató de la mano.

—Ellos no lo apreciarían tanto como yo —lo puso sobre la mesa y rompió el envoltorio. Sonrió al reconocer los dibujos que, por la composición de la imagen, ahora eran parte de una historia—. Me declaro tu admirador. ¡Está increíble! Muchas gracias.

—De nada. Supongo que no puedes ir a almorzar.

JP revisó su reloj.

—No puedo, fierita. Tengo un paciente en diez minutos y quiero aprovecharlos para comentarte algo.

—¿De qué se trata?

—Viene mi hermano por el fin de semana y quiero que lo conozcas.

—Dijimos que nada de familia, JP —le recordó con seriedad.

—Pero él quiere conocerte, Bárbara. ¿Qué pretendes, que no nos veamos esos días?

—Es una opción.

—No seas ridícula —se sentó en su escritorio—. Llega mañana, quiero que nos acompañes a cenar.

—JP, escúchame —le pidió mientras caminaba hacia él—, no quiero que discutamos, pero yo prefiero mantener las cosas como están. En cuanto a vernos, no creo que estés todo el día con él. Yo me adecuo a tus tiempos.

—No —dijo tajante—. ¿Qué se supone que va a cambiar de aquí a unos meses? A no ser que estés planeando dejarme.

—No estoy planeando nada, Juan Pablo —respondió molesta por la presunción.

—Entonces no veo cuál es el problema —entrecruzó sus dedos con los de ella—. No quiero que vayas obligada, pero me encantaría que mi hermano te conociera.

—A mí me encantaría que cumplieras con nuestro trato.

—Por favor —insistió con un amigable tono—. Te va a caer bien, te lo prometo.

Bárbara suspiró resignada.

—Jamás debí confiar en ti.

A las siete de la tarde del viernes, Tomás bromeaba con sus hermanos acerca de la última locura de su padre a la espera de que Bárbara llegara.

—Es un poco peligroso el paracaídas a su edad, ¿no? —opinó Laura.

—El viejo está en mejor estado físico que yo —respondió Tomás—. Además, estaba feliz cuando me lo contó. Se lo recomendaron los Peralta, pero la mamá no se animó.

—¿Dónde lo hizo? —preguntó JP.

—En Pucón. Me dijo que pudo ver las fumarolas del volcán Villarrica y que para la próxima quería ir con nosotros. Luego hablé con la vieja y le comenté que vendría a visitarlos este fin de semana. Se imaginarán lo que me dijo. —Comenzó a imitar la voz de su madre—: «Dile a esos ingratos que tienen una madre que les dio la vida, lo mínimo que pueden hacer es venir a verme».

—Es verdad, no hemos ido a visitarlos hace meses —dijo Laura, mirando recriminatoriamente a JP.

—No me mires así, pendeja. Tú puedes ir sin necesidad de que yo te acompañe.

—Sí, pero es mucho más fácil ir contigo. Cuando voy sola, la mamá me interroga sobre ti como si yo conociera todas las respuestas.

—También imitó a su madre—: «Ya conoció a alguien Juan Pablo. Sería bueno que sentara cabeza. No entiendo por qué no se ha casado siendo tan buen partido. Ya tiene más de treinta años». Luego saca el tema de los nietos y tengo que aguantar todo eso por tu culpa.

—Pero entiendo que el codiciado soltero ha estado trabajando para cumplir con los deseos de nuestra querida madre, ¿o no?

—No diría que complacerla sea mi objetivo.

—Lamento informarte, weón, que complacerla es una consecuencia inevitable de tus propias pretensiones —se burló Tomás—. ¿A qué hora llega Bárbara?

—Le dije a las siete, aunque la puntualidad no es algo que la caracterice. De cualquier modo, no quiero que la interrogues ni mucho menos hagas bromas sobre el matrimonio porque es capaz de irse.

—Debiste pasarme un manual para tratar con ella. Te apuesto a que me la gano con mi encanto.

—Tu encanto no va a servir de nada con mi amiga si no le caes bien.

—Yo tampoco le caía bien y ahora estamos saliendo. Aunque si me preguntas cómo lo hice, no tengo idea.

—Bueno, campeón, tal vez no fue tu decisión.

Tomás carcajeó y tintinó su botella de cerveza con la de Laura.

—¿Cómo la conociste?

—Primero la conoció Laura, pero siempre he tenido la duda de cómo ocurrió exactamente.

—Ya te dije cómo.

—A mí no me has dicho, así que desembucha.

—Me la encontré en la playa una mañana, después de una fiesta. Hablamos y luego nos fuimos a desayunar. Aunque la parte más graciosa fue cuando me vino a dejar —le reveló sonriendo—. Se puso a pelear con JP porque este pesado le estaba tocando la bocina.

—Aparcó en la entrada del estacionamiento del edificio y yo venía de una noche complicada en el hospital —justificó JP—. Le toqué la bocina y la muy caradura no encontró nada mejor que retarme —rieron—. Después de eso no la volví a ver hasta que Laura me pidió ir a su departamento porque la lindura se había cortado las manos. Ni te imaginas el *show* que hizo.

—Prefiero que me lo cuentes.

—Una persona sensata te da las gracias por ayudarla, pero ella estaba enojada con Laura por haberme llamado y conmigo por haber ido.

—¿Es broma?

—No —se metió Laura—. JP no le caía bien después del encontrón que tuvieron. Pero ella se lo buscó porque yo le ofrecí llevarla a la clínica y no quiso. Me dijo que podía manejarlo.

—¿Asumo que no pudo?

—¡Se estaba desangrando! Ahora es gracioso, pero en ese momento no sabía qué hacer. Lo mejor fue cuando JP la vacunó.

—¿Por qué? ¿Qué pasó?

—Se enojó porque nuestro querido hermano la inyectó sin ninguna delicadeza.

—Lo cual me hizo merecedor de una grosería y un puntapié.

Tomás soltó una fuerte carcajada.

—Habría pagado por verte la cara, weón.

—Fue muy cómico.

—Me alegra que mi dolor les cause tanta gracia.

—Tengo muchas ganas de conocerla, es todo un personaje hasta el momento.

Como de costumbre, Bárbara iba retrasada. Pero la razón esta vez era la cantidad de veces que se había cambiado de ropa. Ese nerviosismo era lo que no le gustaba de este tipo de situaciones. Le había prometido a JP que asistiría a la cena, aunque se vio tentada a llamarlo e inventar alguna emergencia. Sin embargo, no logró urdir ninguna que la zafara del compromiso con dignidad.

Al llegar, utilizó la llave que le dio JP para abrir la puerta. Pasó con timidez, algo que no era propio de ella. Encontró a los tres hermanos en el sillón riendo. A Tomás lo conocía por foto, pero su aspecto había cambiado. Compartía similitudes con JP, como el cabello negro, aunque Tomás lo usaba más corto, y tenían la misma forma y color de ojos. Su perfil era armonioso con el rostro y, al igual que su hermano, era alto pero más delgado. Laura lo había descrito muy bien: lucía relajado vistiendo un polerón negro, jeans y zapatillas.

JP fue a su encuentro.

—Siento el retraso.

—No importa, ya lo tenía previsto.

Bárbara saludó a Laura, luego JP hizo la presentación:

—Tomás, ella es Bárbara, una amiga con ventaja.

Eso ayudó a que ella abandonara el nerviosismo y riera.

—Hola —se inclinó para saludarlo, pero Tomás la atrapó en un apretado abrazo.

—Tenía muchas ganas de conocerte. Y por lo que veo, mi hermano mejoró indiscutiblemente el gusto.

—Muchas gracias, yo también lo creo —se jactó con una obligada seriedad. Se sentó entre él y Laura, algo que le agradó a JP—. ¿Qué tal el viaje?

—Para ser viernes, estaba bastante despejado. ¿Esperamos a alguien más? —preguntó Tomás al escuchar el timbre.

—Debe ser la cena —respondió JP camino a la puerta—. Ahora, por qué no la anunciaron, no tengo idea. Laura, ¿podrías traerme mi billetera, por favor?

Su hermana fue a buscarla, dejando a Tomás y Bárbara sentados en el sillón.

—Mis hermanos me estaban comentando la historia de cuando te cortaste las manos, y debo confesarte que me encantó la parte en que le pegaste un puntapié al doctor.

—En mi defensa, el mandón de tu hermano no me caía bien —en tono de secretismo añadió—: Aunque en honor a la verdad, me sigue sin caer bien a veces.

—A mí me pasa lo mismo. No es fácil ser el hermano del niño modelo de la familia.

—¡Maldito! —pronunció Bárbara—. Dame la señal y le hacemos la ley del hielo.

Tomás carcajeó y JP se sintió feliz de verlos tan cómplices.

—Se la ganó más rápido que tú —le dijo Laura y lo empujó a la cocina.

Tras la cena, bebieron el bajativo en el living, momento en que Tomás y Bárbara conversaron sobre sus vidas. Él era arquitecto y, dado que eran de la misma edad, coincidían en la época universitaria. Pero eso era todo lo que compartían. Tomás venía de un mundo muy ajeno al de ella. Santiago es una capital dividida por las clases sociales, donde la frontera entre los ricos y pobres estaba representada por la céntrica Plaza Italia. Desde ese punto podías identificar, en gran medida, el buen o mal pasar de una persona. Tomás gozaba de un excelente pasar, y aunque el de Bárbara no era malo (cuando vivía en Santiago), no se comparaba con el estilo de vida de quien reside en una de las seis comunas más ricas de la Gran Urbe. De cualquier forma, disfrutaron intercambiando anécdotas desde sus respectivas experiencias. Laura, por su parte, conversaba con JP sobre las alternativas laborales que estaba barajando una vez que se titulara.

Cuando Tomás se paró al baño y Laura se dirigió a la cocina, JP se acercó a Bárbara.

—¿Todo bien?

—Muy bien. Tu hermano es muy simpático.

—Es un rasgo que tenemos los Camus. No entiendo cómo fui el único que te cayó mal.

—Es que todo cambia cuando hay tensión sexual.

—La tensión no es buena, te lo dice un traumatólogo —le mordió el lóbulo juguetonamente—. Cuando vuelvas a sentir ese tipo de tensión, acude a mí y me encargo… —se apartó con el vibrar del teléfono de Bárbara.

—Es Cristóbal —lo puso en altavoz—. Hola, Cris, ¿cómo estás?

—Hola, fierita.

—Solo yo la llamo así, weón.

—¡Qué sensible, Pelao!

—No le hagas caso —intervino ella—. ¿En qué andas?

—Vendrán unos amigos al bar, ¿por qué no se unen?

—¿Cómo va, Cris? —se sumó Tomás.

—Tanto tiempo, estimado. Justo estaba invitando a los tortolitos al bar. ¿Por qué no vienen todos para acá?

—Por mí no hay problema —Tomás le subió el pulgar a su hermano—. Laura, Cristóbal nos está invitando al bar, ¿vamos?

JP le hizo un gesto reprobatorio a su hermana por estar comiendo directo del envase de helado.

—Si todos están de acuerdo, me anoto.

—¿Tú quieres ir? —le preguntó JP a Bárbara.

—Es el templo del alcohol, por supuesto que quiero.

—No esperaba menos de ti, *fierita*. Los espero —cortó.

JP se paró y le quitó el envase de helado a Laura.

—Yo también como de acá, pendeja —apuntó a Bárbara con el índice—. Esto es culpa tuya. Por qué no pueden servirse la comida como personas civilizadas.

—Luego pregunta cómo se me pasó por alto su simpatía.

—Escuché eso —replicó JP camino a la cocina.

El sábado en la mañana, Bárbara tuvo la intención de salir a correr, pero el festejo de anoche la obligó a permanecer en la cama. Se apegó a JP y se dejó cautivar de nuevo por el sueño.

Despertó al sentir que él le besaba el cuello. Con sonidos de placer, Bárbara le preguntó sin abrir los ojos:

—¿Qué hora es?

—Buenos días, ricura —intensificó el abrazo—. Mediodía.

—¡Mierda! —se fue rauda al baño.

—¿Qué pasa?, ¿tienes algo que hacer?

—Sí —respondió en tanto daba la llave de la ducha.

JP se levantó con calma y entró al baño.

—¿Puedo preguntar a qué se debe el apuro?

—Me voy a juntar con Camila a almorzar.

—No sabía que se juntarían.

—Me llamó ayer en la tarde. Con todo lo de la cena, olvidé decírtelo. ¿Te molesta?

—Para nada, me encanta que se lleven bien —comenzó a cepillarse los dientes mientras la observaba bañarse.

Al salir de la ducha, él la cubrió con la toalla y le dio un beso.

—No te diste ni cuenta, pero ya conociste a gran parte de mi familia. Cuando mis padres vengan a la titulación de Laura…

Bárbara se apartó seria.

—Vamos un poco rápido, ¿no crees?

JP sonrió con un gesto de fastidio.

—Sí, Bárbara, creo que en dos meses más estaría listo para pedirte matrimonio —abandonó el baño seguido de ella.

—Solo hice una acotación, no hay necesidad de molestarse.

—Para nada. Es muy agradable que cambies de ánimo cada vez que te hablo de algo relacionado con llevar una relación.

Bárbara procuró mantener el tono de voz para no transformar la discusión en pelea.

—Acordamos que nada de familia por ahora. Cedí a conocer a tu hermano y ahora voy camino a almorzar con tu hermana putativa. Creo que merezco un poco más de crédito de tu parte.

Irritado, se aproximó a ella.

—No quiero tener que convencerte de que hagas algo que a mi parecer beneficia la relación. Estoy hablando yo —se anticipó al ver que replicaría—. Que hayas conocido a mis hermanos no fue algo planeado. Se dio de esta forma y a diferencia de ti me alegra que haya pasado. Pero no puedo seguir justificando cada cosa que diga o haga para que no te sientas presionada. No tengo el tiempo ni las ganas de seguir pisando huevos contigo. Si eso es lo que quieres, entonces tú y yo no tenemos nada que hacer juntos.

—¿Qué quieres decir?

—Estoy seguro de que captaste el mensaje porque tonta no eres —agarró una polera y se fue.

Bárbara quedó maldiciendo por lo que supuso una presión. Desparramó la poca ropa que tenía en el cajón, pero no encontró calzones. Sacó un bóxer y se vistió. Al salir de la habitación, vio a los tres hermanos sentados en el comedor. Laura le envió una mirada de pregunta y Tomás le hizo un gesto compasivo. JP estaba leyendo el diario.

—Te llamo más tarde —le dijo a Laura y se despidió—. Fue un gusto conocerte, Tomás.

—Te veré antes de irme, ¿no?

Bárbara miró a JP, pero él la ignoró.

—No creo. Pero la próxima semana voy a Santiago… —se interrumpió cuando JP se paró, crispado, y salió al balcón: no sabía nada sobre ese viaje—. Lo siento —terminó de despedirse de Tomás y se fue pensando en la posibilidad de no asistir al almuerzo.

Camila estaba sentada en la mesa cuando vio a Bárbara. Le hizo una seña con la mano para indicarle dónde estaba.

—Disculpa la demora.

—No te preocupes, no llegué hace mucho. ¿Cómo estás?

—Bien —respondió simulando una sonrisa.

—¿Pasa algo? —le preguntó Camila al percibir su desánimo.

Bárbara titubeó en comentarle lo sucedido, pero si no lo hacía, tendría que fingir durante todo el almuerzo que las cosas estaban de maravilla con su amigo.

—Me acabo de pelear con tu hermano putativo.

Camila hizo amago de reír por el término, pero se controló y le acarició el antebrazo.

—Lo siento, Bárbara. ¿Quieres contarme por qué pelearon?

—Se enojó porque le reclamé que íbamos muy rápido con todo este tema de conocer a su familia… No es que no me agraden —aclaró—. Todo lo contrario, me caen muy bien. Pero yo tengo mi ritmo y siento que él quiere ir a otro completamente distinto.

—¿Distinto en qué sentido?

—Yo quiero seguir como estamos, sin compromisos, pero él es tan… formal para todo —expuso con un gesto de exasperación—. ¿Siempre ha sido así?

Camila asintió con las cejas enarcadas.

El mesero se acercó para ofrecerles un aperitivo. Pidieron dos piscos sour y continuaron con la charla.

—Lo que te voy a decir no es porque lo esté defendiendo. Solo es mi opinión después de años conociéndolo. A él siempre le han gustado las formalidades. Tal vez se debe a que viene de una familia muy tradicional. Sus padres cumplirán cuarenta años de casados el próximo año, y me consta que para todos los hermanos Camus son un ejemplo a seguir. —Bárbara no estaba segura si la información la estaba ayudando o confundiendo más—. JP tiene un concepto muy lindo de la familia; lo hemos conversado varias veces. Por lo mismo, estoy segura de que no es su intención apresurar las cosas.

—Entonces, ¿por qué insiste en que conozca a su familia?

—Porque te debe querer y esa es su forma de darte un lugar en su vida mientras seas parte de ella.

Bárbara se quedó pensando en la suposición de Camila, le había gustado.

—¿De verdad crees que me quiere?

Con un mohín amistoso, Camila le confirmó.

Tomás llegó al departamento y vio a su hermano sentado en el balcón. Fue por unas cervezas y lo acompañó.

—¿Quieres?

JP tomó la botella.

—Pensé que llegarías más tarde.

—Era la idea, pero estaba un poco cansado —se sentó junto a su hermano—. ¿Dónde está Laura?

—Salió con unas amigas —tintinaron las botellas y bebieron—. ¿Quieres hacer algo en la noche?

—Si me lo propones con más entusiasmo, tal vez prenda.

—Lo siento, tengo la cabeza en otra parte.

—Me imagino. ¿Has hablado con Bárbara?

—No, y no tengo muchas ganas de hablar con ella.

—¿Por qué discutieron?

—Por estupideces, weón, es lo que más rabia me da —le dijo desprendiendo la etiqueta de la botella—. Se iba a juntar con la Cami Ossandón a almorzar.

—Cristóbal me dijo que andaba por acá.

—Vino por unos días y casualmente se conocieron cuando me fueron a ver a la clínica. Acordaron almorzar y en la mañana me enteré de que eso sería hoy.

—¿Te molesta que se junten?

—Por supuesto que no. Cuando me lo dijo, hice alusión a que ya conocía a gran parte de mi familia. Desde ahí todo se fue a negro. Me salió nuevamente con el tema de si no creía que íbamos muy rápido y su discurso que ya me tiene aburrido porque siempre termino justificándome.

—¿Por qué cree que van muy rápido?

—Porque cuando comenzamos a salir, ella me hizo prometer que nada de familia por ahora. Pero yo no he planeado nada, todo se dio de forma natural. No te invité para que la conocieras, dio la casualidad de que viniste y ella es parte de mi vida. Aunque comienzo a creer que es más por los que me rodean que por mí —se sintió molesto al conjeturar aquello—. A raíz de la discusión, le dije que decidiera si de verdad quería estar conmigo. Conociéndola, supongo que lo tomó como una presión.

—¿No es lo que estás haciendo?

—No, weón, no creo que sea presión pedirle que no me haga perder mi tiempo.

—Si no fue presión, por lo menos fue pesado.

—No opinarías lo mismo si la conocieras.

—Aunque no lo creas, conozco a muchas mujeres de su estilo.

—¿A qué estilo te refieres?

—A las agotadoras.

A JP le interesó el título.

—A ver, galán, ilumíname.

—Te voy a dar una clase gratis, weón, la segunda te cobro.

—Veamos primero qué tan experto eres.

—Para comenzar, mi punto de vista se basa en los extremos. Mujeres independientes y mujeres por las que casi tienes que responder, y con Bárbara ya conoces ambos porque sé que has estado con momias. —JP meneó la cabeza reprobando el término—. Partamos de la base de que las mujeres en sí ya son un enigma, pero las con rollos de independencia son traumáticas. Entenderlas es misión imposible y tratar de hacerlo es agotador, ¿o no?

Su hermano tenía un punto.

—Te escucho.

—Yo tengo algo de experiencia con ese tipo de mujeres. Son unas consumidoras de energías. Unas brujas a las que te gustaría mandar a volar cada vez que se ponen pesadas. Pero para mí son las que valen la pena. Yo no aguanto a las momias que están de acuerdo con todo o que te dicen que no, pero con un tono de mamá conciliadora —explicó—. Seguro que hay mujeres equilibradas, que saben abstenerse cuando deben hacerlo y pelear cuando lo creen necesario. Pero, personalmente, las que actúan en consecuencia con lo que sienten, sin importarles si es correcto o no lo que están haciendo, son a mi juicio las mejores porque buscan ser felices y no solo hacerte feliz —se apoyó en el respaldo de la silla—. Me podrán rebatir los especialistas, pero esta es mi opinión después de mucho estudio en el campo —sonrieron—. Por lo que me has contado de Bárbara, y por lo poco que pude conocerla ayer, me da la sensación de que ella es una agotadora —JP asintió—. Pero también debe ser la más apasionada le hizo un movimiento con las cejas. JP lo miró como advirtiendo que no se pasara—. Ok, no me respondas. No sé qué habrá pensado ella cuando le pediste que decidiera si quiere estar contigo o no. Lo que sí te puedo decir es que cuando yo he estado con una mujer que me demanda tiempo, atención, cuidados y además quiere que conozca a su familia a los meses de estar saliendo, ¿qué crees que hago?

—¿Me estás diciendo que yo sería en este caso el que demanda tiempo, atención y cuidados?

—Sabes que lo eres y no estoy diciendo que esté mal. A lo que voy es que siendo tú como eres, con todas esas demandas que para ti comprenden compromiso, probablemente Bárbara se asustó porque ella ve las cosas desde otra perspectiva… ¿Se entiende lo que estoy diciendo?, porque lo mío nunca han sido las reflexiones.

—Bastante bien. Y según tu amplia experiencia, ¿qué debo hacer para manejar mejor la situación?

—No tengo ni la más puta idea —admitió sin vergüenza—. Yo solo estoy ayudando a que entiendas su mundo. Sus miedos son distintos a los tuyos. No todas las mujeres andan con el dedo anular estirado, JP. Tú sabrás si quieres darle una oportunidad, pero yo creo que sí porque de otra forma no estarías tratando de comprenderla. Aunque te advierto que eso va a ser agotador.

—Lo tengo bastante claro.

—Mira, weón, y con esto cierro mi presentación —le anticipó—: las relaciones no perduran con puro amor y tú lo sabes. Nuestros papás, por ejemplo, van a cumplir cuarenta años de matrimonio, y no se llega ahí sin comprensión, tolerancia y saber darse libertad cuando la requieren.

JP se quedó en silencio por unos segundos, luego se inclinó hacia su hermano.

—Estoy sorprendido por tu aporte, weón.

—Ja, ¿y ahora quién es el bonito e inteligente de la familia?

—Sigo siendo yo.

Desde hace tres días, ni JP ni Bárbara se llamaban, aunque ambos estuvieron a punto de hacerlo. Él era consciente de que tendría que aprender a no ser tan susceptible cada vez que Bárbara le dijera lo que pensaba. Pero también concluyó que ella tendría que asumir que estaba en una relación, con todo lo que eso implicaba. Sin embargo, los días pasaban y no aparecía. Eso lo tenía ansioso y hasta angustiado por la posibilidad de perderla.

Bárbara, por su lado, estaba dejando todos sus pendientes al día, pues el fin de semana tendría que viajar a Santiago debido al cumpleaños de su madre, acontecimiento que no había tenido oportunidad de compartir con JP. Lo había extrañado, pero le estaba costando trabajo dar el primer paso hacia la reconciliación. Por Laura se enteró de que JP tampoco estaba contento con la separación, aunque se preguntaba por qué no la habría buscado si se sentía así. Los términos sobre su relación eran cada vez más confusos, por lo que trataba de no pensar en eso y enfocarse en dar cumplimiento al último trabajo de la semana.

Sentado en el sillón, JP leía sobre los nuevos avances del alargamiento óseo, mientras Laura creaba su primer currículum. Ambos estaban en silencio, respetando sus espacios como lo habían aprendido hace años.

El primer año de convivencia, desde que Laura decidió estudiar en Viña del Mar, no fue fácil. Si bien no era la primera vez que JP quedaba a cargo de uno de sus hermanos, con Laura había sido particularmente aprensivo. Claro que no imaginó lo complicado que sería lidiar con una joven en busca de identidad e independencia. Lejos estaba la pequeña que lo seguía a todas partes y solo quería que la cargara y arropara. Los tiempos habían cambiado y tuvieron que readecuarse a sus nuevos ritmos y estilos de vida. Había sido JP quien propuso a sus padres que le dieran la alternativa a Laura de estudiar en Santiago o en Viña. Aún recordaba con felicidad la llamada que su hermana le hizo una semana después de la proposición. La transición se dio entre reglas que JP impuso y los espacios que Laura demandaba propios de una joven de su edad. Con el tiempo habían encontrado el equilibrio y hoy lo estaban disfrutando.

Eran cerca de las ocho de la noche del miércoles cuando tocaron el timbre. Laura se paró a abrir.

—¿Por qué te demoraste tanto?

—Tenía que entregar un trabajo —Bárbara le pasó las llaves de su departamento y su auto—. Gracias, Laurita.

—Voy por mi bolso.

JP vio a Bárbara en la entrada y a Laura ir a su habitación, pero no dijo nada. Simuló continuar en lo suyo.

—Me quedaré en el departamento de Barb —abrazó a su hermano por la espalda y le dio un beso—. Te veo mañana.

—Avísame cuando llegues.

—Está bien —se despidió de su amiga y se fue.

Bárbara avanzó hacia el living, al tiempo que JP dejaba los apuntes sobre la mesa de centro.

—¿Cómo estás? —se sentó a su lado.

JP observó su rostro con cariño: la había extrañado.

—¿Cómo crees que estoy?

La ternura en su mirada la dejó sin defensas y lo besó. JP le pasó una mano por el cuello y con la otra atrajo su cuerpo. El beso fue intenso con ambos resistiéndose a terminarlo.

—Discúlpame. No fue mi intención arruinar el fin de semana —esperó a que él dijera algo, pero no hubo nada—. No me la vas a hacer fácil, ¿verdad?

—No —le dio un beso en la nariz y se reacomodaron para quedar frente a frente.

—Estuve pensando que tal vez todo este asunto de no querer conocer a tu familia te pudo dar la impresión de que no me importas, pero no es así —sus ojos se tornaron vidriosos—. Me importas mucho.

JP le acarició la mejilla.

—Eso debería simplificar las cosas… Lo que te dije el sábado es lo que siento, Bárbara, y no quiero que te pongas a la defensiva. No es mi intención obligarte a tomar una decisión, pero quiero dejar clara mi postura respecto a nuestra relación, porque esto —agitó el índice tal como ella lo hizo hace más de dos meses— dejó de ser algo *casual*. Para mí estar contigo no es un juego, es un compromiso e involucrarte en todo lo que se relacione conmigo es parte de ese compromiso. Yo no invité a mi hermano para que te conociera y ciertamente no tuve nada que ver con que te reunieras con Camila, pero me alegra que haya sucedido.

—No lo expongas como si a mí no me gustara —protestó—. Todos tus hermanos son geniales, pero sigo pensando que vamos muy rápido.

—¡Qué pesada eres! —replicó ceñudo—. ¿Qué se supone que debería pasar en tu mundo en esta etapa de la relación? Explícamelo porque estoy medio perdido contigo.

—Ya somos dos —le espetó—. Haberme enamorado tan rápido de alguien no es algo que me pase seguido, Juan Pablo —miró con molestia la sorpresa que suscitó en él la confesión—. Sería menos incómodo si no me estuvieras viendo de esa forma —se dirigió al bar y se sirvió un whisky.

—No sabía que tomabas ese tipo de tragos.

—No lo hago, pero estoy nerviosa y dicen que esto ayuda —se tomó al seco el poco que se había servido e hizo un gesto de asco—. ¡Qué horrible! —JP se paró sonriendo—. Cómo pueden tomar esto por placer. Ahí está bien —extendió su brazo para resguardar la distancia—. No quiero que me abraces.

—¿Prefieres que discutamos? —le propuso con las manos en los bolsillos—. Tal vez te haga sentir más cómoda.

—Bastante más cómoda de lo que me siento ahora.

JP le bajó el brazo y la atrajo hacia sí desde la cintura.

—Si yo hiciera todo lo que tú quieres que haga, todavía estaríamos en la etapa en que no nos soportábamos.

—¿Quién te dijo que esa etapa pasó…? —carcajeó cuando JP le hizo cosquillas—. Para, por favor —le pidió tratando de esquivarlo.

Él cesó la provocación y se abrazaron.

—Dímelo de nuevo —le solicitó entre roce de labios—, dime que estás enamorada de mí.

—Estoy enamorada de ti, pero aún no quiero conocer a tus papás, JP.

—En algún momento tendrás que conocerlos.

—Tal vez no —cuestionó divertida—. También se podría dar que no quieras seguir conmigo o que yo ya no me sienta enamorada de ti. Las alternativas son variadas.

—Eres toda una romántica.

—Te conviene que no sea romántica.

—¿Por qué?

—Dije que estaba enamorada de ti y lo único que te importó fue querer escucharlo de nuevo. Si hubiese sido una romántica, no haberlo escuchado de vuelta hubiese herido mis sentimientos.

—¿Esperabas que te lo dijera?

—Si crees que estoy esperando que tú también sientas lo mismo, te equivocas.

—Entonces lo dejamos así.

—Por mi está bien —contestó picada—. ¿Puedes soltarme?

—No —sonrió ante su resistencia—. ¿Por qué más crees que te soporto, pesadita?

—¿Por el sexo?

—No, pero sería un excelente motivo. A decir verdad, fue una de las cosas que extrañé estos días sin verte.

—Podrías haberme llamado.

—Estuve a punto, pero recordé cómo había comenzado toda esta discusión. Además, la decisión de continuar juntos era tuya, yo dejé claro que te quería conmigo —la agarró del trasero y la hizo saltar a sus brazos—. ¿Por qué no me cuentas qué hiciste estos días mientras veo qué hay debajo de esta linda ropa? —se dejó caer en el sillón con ella sobre él.

—Todo lo que debes saber es que en las noches pensaba en ti.

—No es suficiente —le estaba desabrochando la blusa—. Quiero saber más.

Ella sintió un cosquilleo en su interior cuando JP le besó el escote.

—Cuando te extrañaba mucho, me tocaba pensando en cómo lo hacías tú —le entrelazó los dedos en el cabello—. Me excitaba recordar cuando te descontrolas por metérmelo y luego te resistes para no acabar —le satisfizo sentir que se endurecía—. Cuando ya no podía más, me dejaba ir.

JP le bajó el brasier y le succionó un seno.

—Dime cómo lo hacías —Bárbara suspiraba de placer—. Hazlo —reiteró lamiendo el pezón.

—No puedo pensar ahora, JP.

—Entonces no hay más de esto —le subió el brasier y levantó los brazos.

—Está bien, voy a contarte —le bajó las manos para que volviera a tocarla—, pero a veces me pierdo porque estoy…

—¿Qué traes puesto? —preguntó al desabrocharle el pantalón.

Sonrojada, Bárbara le apartó las manos.

—Dame un minuto —quiso subirse el cierre, pero JP no la dejó.

—Déjame ver —la empujó hacia el sillón e inició un forcejeo para bajarle los pantalones. Sonrió al verla con su ropa interior—. ¿Por qué traes puesto mi bóxer?

—Fue una tontera, no te burles.

—Lo siento —le dio un par de besos en el abdomen—. ¿Me puedes decir por qué estás usando mi ropa interior?

—Si te lo digo, te vas a reír más.

—Prometo no hacerlo.

Bárbara se sentó con ayuda de él.

—El sábado no encontré calzones, así que tomé un bóxer.

JP esperó unos segundos a que continuara con la historia, pero no parecía haber más.

—Eso fue hace días, fierita —hizo una mueca de mal olor—. ¿No te has cambiado desde entonces?

—¿Podrías dejar de burlarte? —molesta se paró para subirse los pantalones—. Te extrañaba y cuando eso pasa me pongo tu ropa. Suena estúpido, pero así te siento más cerca.

Conmovido, JP la sentó en su regazo.

—Eres una tierna, Bárbara García, y estoy muy enamorado de ti —la besó por todas partes, siempre lo hacía cuando algo de ella le había fascinado.

5
Te amo

Los jueves en la clínica eran intensos para JP, debido a su copada agenda de pacientes, sin contar los sobrecupos a los que accedía en caso de emergencia y siempre había más de uno. Pero particularmente este jueves su día se extendería, pues estaba invitado al 25° Congreso de Traumatología y Ortopedia que se celebraba todos los años en el Hotel Sheraton de Viña del Mar.

Pese a que la noche anterior se habían acostado tarde, JP comenzó su día más temprano de lo común. Bárbara escuchó la ducha y se levantó con la intención de irse con él hasta la costanera para correr. El detalle es que no encontró ropa deportiva para ponerse. Entró al baño y puso su rostro en medio del chorro de agua helada del lavabo. JP limpió el vidrio empañado de la ducha, apoyó la frente contra el ventanal y la observó: solo llevaba el bóxer y la posición de su cuerpo inclinado le mostraba su trasero en primer plano. Abrió la corredera de la ducha y le dijo:

—Ya que entraste para provocarme, ¿por qué no vienes y te duchas conmigo?

Bárbara se dio vuelta con una toalla de manos.

—Sabes bien que si me meto a esa ducha, no saldremos de ahí, por lo menos, en quince minutos. ¿Tienes ese tiempo extra?

—Podemos hacerlo en menos.

—Tal vez tú puedas, pero yo necesito mi tiempo y no te vas a ir sin que ambos consigamos lo que queremos.

—Tú te lo pierdes —cerró la corredera.

Mientras se cepillaba los dientes, pensaba en las alternativas para llegar a su departamento, cambiarse e ir a correr. Se enjuagó y se dirigió a JP:

—Sé que no te queda de camino, pero ¿podrías acercarme a mi departamento?

JP salió de la ducha con la toalla envuelta en la cadera y sacudiéndose el pelo. Bárbara se mordió el labio.

—No me mires así o vas a provocar que llegue tarde. Hagamos una cosa, anda a dejarme a la clínica y luego te llevas el jeep. Se lo pasas a Laura para que me lo traiga, ¿te parece?

—Ajá —pronunció aún concentrada en su tonificado abdomen. Extendió la mano para tocarlo, pero JP le pegó.

—Lo siento, perdiste tu chance. ¿Me alcanzas el desodorante?

Bárbara lo cogió y se lo pasó.

—Recuerda que el fin de semana no estaré en Viña.

—Te escuché decirle a mi hermano que irías a Santiago. Es todo lo que sé —le devolvió el desodorante—. ¿Por qué no me cuentas a qué vas mientras me visto?

—Está bien.

Desde la cama, Bárbara le contó que hoy era el cumpleaños de su madre.

—Mi hermana me llamó el viernes pasado para decirme que este sábado lo celebraríamos.

—¿Cuándo te vas? —preguntó desde el *walk-in closet*.

—Mañana en la noche… Había pensado en llamar a tu hermano para juntarnos y pelarte un rato.

JP sonrió.

—Lo más probable es que acepte encantado.

Ella también sonrió.

—Me vendré el domingo en la mañana. Si quieres podemos almorzar juntos.

—Me parece bien —terminó de ponerse los zapatos apresuradamente—. Me encanta verte desnuda, pero necesito que te vistas si quieres irte conmigo —salió de la habitación arreglándose la camisa dentro del pantalón.

Se sirvió una taza de café y un vaso de leche para Bárbara. Al voltear, la vio vestida con su camisa.

—Esa camisa la usé ayer, fierita, tengo limpias en el clóset.

—Quiero llevarme una que tenga tu olor para el fin de semana.

—¿Sabes que podrías tenerme a mí si me lo pidieras? —Bárbara lo miró con pavor—. A veces me cuesta entender por qué estoy tan enamorado de ti. Toma —le pasó el vaso de leche.

—A mí me cuesta entender por qué te sirves café y a mí leche.

—Tomé mi vaso de leche cuando vine a hacer café. Y para tu información, yo no entiendo muchas cosas de ti, pero es el costo que debo pagar si quiero estar contigo —fue por su mochila.

Bárbara se quedó analizando si lo que dijo fue un halago o una ofensa.

Ya entrada la tarde, JP repasó la información sobre los temas que se tratarían en el congreso. Este año abarcarían las nuevas técnicas de alargamiento óseo, de ahí su interés por asistir. En algún momento se relajó y volteó hacia el ventanal, pero el cuadro que Bárbara le había diseñado atrajo toda su atención. Pensar en ella siempre le sacaba una sonrisa. Buscó su teléfono y la llamó.

—Hola, fierita. Solo quería escuchar tu voz antes de irme al congreso, pero no tuve tanta suerte. Si puedes esperarme despierta, sería genial. Tengo muchas ganas de abrazarte. Te veo más tarde, besos.

Tras unos minutos, tocaron su puerta: era su colega Juan Ignacio que lo venía a buscar para ir juntos al congreso.

—Me encanta tu cuadro —le mencionó Juan Ignacio desde la silla del paciente—. ¿Por qué no me das el contacto de tu novia para pasarlo al área administrativa? No creo que se vea extraño si yo la propongo como proveedora para reemplazar el feo ejemplar que hay en la sala de espera.

—Claro.

Cuando iban de salida, pensó en qué habría pasado si Bárbara supiera que no corrigió a su colega cuando la llamó su novia. Las alternativas, más que enojarlo, le divirtieron.

—¿Por qué la sonrisa? —preguntó Juan Ignacio.

—Por el congreso, por qué más, weón —se mofó JP.

Bárbara estuvo ocupada durante todo el día ampliando su *book* de imágenes. Cuando se dedicaba a captar tanto personas como lugares, el tiempo pasaba tan rápido que olvidaba las distancias recorridas. Se dejaba llevar por la ilusión de rescatar una imagen como nadie más lo había hecho o de retener un momento con el potencial de convertirse en una gran foto.

Había salido cerca del mediodía de su departamento sin ningún destino en mente. Laura no había podido acompañarla, pero le recomendó visitar Concón y sus alrededores. La ciudad le había sorprendido, no solo por sus hermosas playas y dunas, sino por su gran oferta culinaria. Luego se desvió hacia la ruta 64. Durante el trayecto vio un letrero que decía: Embalse Los Aromos. Consideró la alternativa y no se arrepintió. El lugar tenía una tranquilidad que te invitaba a quedarte por horas contemplando la maravillosa naturaleza. Mientras avanzaba, se encontró con unas cuantas personas pescando. Parecían sacadas de una novela con sus trajes y cañas para lograr la captura del ansiado pejerrey. Su próxima parada fue Quillota. No había sido una explosión de belleza, pero sus pintorescas casas le dieron material suficiente para justificar la parada en el pueblo. Después accedió al cerro La Campana. Se sorprendió por la belleza del paisaje y por la gran agrupación de palmas que, en su conjunto, le otorgaban un espectáculo al visitante. San Felipe sería su último destino, pero a mitad de camino decidió no ir, pues se le había hecho tarde.

De regreso a Viña, encendió su teléfono para preguntarle a JP a qué hora terminaría el congreso. Tenía dos llamadas perdidas en el registro, tres mensajes y unos cuantos WhatsApp. Tratando de mantener la vista en el camino, se dispuso a escuchar uno de los mensajes. Aún estaba sonriendo cuando sintió el pinchazo. Instintivamente frenó, perdiendo el control del auto, lo cual la desvió a la berma. Con temor agarró firme el manubrio y desaceleró con cautela. Mantuvo la dirección hasta que el auto se detuvo. Las manos le tiritaban y los retorcijones en el estómago no ayudaban a calmarla. Estaba paralizada pensando en lo que podría haber ocurrido. Respiró hondo y se apeó. La carretera estaba escasamente iluminada y no se divisaba a nadie. Con ayuda del teléfono pudo ver que había pinchado dos neumáticos. Conectó Internet para ingresar a la página de su seguro, pero la señal en la zona era pésima. Miró la hora, eran pasadas las diez de la noche.

JP estaba hablando con unos colegas al sentir la llamada. Se disculpó y salió a responder.

—Hola, desaparecida.

—Hola. ¿Aún estás en el congreso?

—Sí, estoy en el cóctel… —escuchó un bocinazo que le pareció de advertencia por lo prolongado—. ¿No estás en tu departamento?

—No, por eso te llamaba.

—¿Dónde estás?

—En la ruta 60, entre Calera y Quillota.

—¿Qué haces allá?

—Vine a sacar unas fotos y se me pasó la hora. Iba de regreso, pero pinché dos neumáticos.

—¿Estás bien? —preguntó camino a su jeep.

—Sí, no te preocupes. Te llamé porque el Internet es pésimo acá y necesito el número de mi seguro.

—Ese número deberías tenerlo en tu agenda, Bárbara.

—¿Me puedes ayudar o no?

—Voy a llamar a una grúa, el seguro se puede demorar. Por favor, mantente lo más alejada de la carretera. Intenta enviarme tu ubicación, yo voy para allá.

—No es necesario que vengas, solo envíame la grúa.

—No fue una pregunta, Bárbara. Cuídate y no salgas del auto sin el chaleco reflectante —cortó y llamó a Cristóbal.

—Hola, Pelao, ¿en qué andas?

—Necesito urgente un servicio de grúa. Bárbara pinchó dos neumáticos en la 60.

—¿Qué hace allá a esta hora?

—Muchos detalles no tengo, weón. ¿Me puedes mandar el número de Pato?

—Te lo mando enseguida.

Desde el jeep, llamó a un conocido dueño de una vulcanización. Se llamaba Jorge y lo había conocido porque sus dos pequeños eran recurrentes pacientes por fracturas.

—Doctor, ¿a qué debo el honor?

—Hola, Jorge. Disculpa la hora, pero necesito un favor.

—Sí, dime.

—¿Podría llevarte un auto mañana a primera hora? Por lo que me dijeron, tiene dos neumáticos pinchados.

—Claro, ¿es tuyo?

—No, pero es importante para mí. Mañana debe viajar y lo necesita. Dime a qué hora es lo más temprano que puedo ir.

—¿Por qué no me lo traes ahora? Estoy en la casa, no me cuesta nada abrir el taller y lo dejamos ahí. Mañana te llamaría para que lo retires.

—Sería genial, pero puede que me demore un poco. La persona está cerca de Quillota.

—Tranquilo, yo me acuesto tarde. Te espero.

—Gracias.

En el trayecto, JP habló con Pato para coordinar la grúa y con Bárbara para saber si estaba bien. Cuando llegó al lugar, la vio a metros de su auto y encogida por el frío.

—¿Por qué no estás en el auto?

—Quién te entiende —le reclamó—. Me dijiste que me mantuviera alejada de la carretera y el auto no lo está.

JP la cubrió con su chaqueta y le frotó los brazos para que entrara en calor.

—¿Por qué tenías que venirte tan tarde?

—Sin sermones, doc —le pidió abrazada a él—. No era necesario que vinieras, con la grúa era suficiente.

—Estás loca si crees que te iba a dejar sola —le dio un beso—. ¿Comiste?

—No tuve tiempo —desviaron la vista hacia la grúa.

—Voy a hablar con él, espérame en el jeep.

—¿Por qué voy a esperar en el jeep? —preguntó un poco molesta—. Es mi auto, Juan Pablo, yo puedo hablar con él... —se calló cuando JP la hizo caminar—. ¿Esto siempre será así?

—Por supuesto que no. La próxima vez llamamos a un amigo tuyo y tú te encargas —abrió la puerta del jeep—. Pero hoy me encargo yo, dado que es un conocido mío.

—¿Y tu conocido no sabe hablar con desconocidas?

—¡Entra al jeep, Bárbara, que estás tiritando!

Luego de subir el auto a la grúa, JP le dio a Pato la dirección de la vulcanización. También habló con Jorge para indicarle que iban en camino, quien le respondió que esperaría a la grúa, pero no era necesario que fuera él. Mañana le avisaría cuando estuviera listo para retiro.

Bárbara se despertó pasadas las diez de la mañana. Se dirigió a la cocina y puso el agua para el café. Al sentarse en la mesa, encontró una nota que le dejó JP. Sonrió por el detalle de escribirle y no enviarle un WhatsApp. Lo desdobló y leyó: «*Supongo que no te veo hasta el domingo. Te voy a extrañar. Cuídate y con esto me refiero a que no seas irresponsable. El auto te lo irán a dejar durante la mañana. Te estaré esperando el domingo. Te amo, mi fierita*».

—¡Wuooo! —desorbitó los ojos y soltó el papel—. Ya nos estamos diciendo la palabrita.

Con el nerviosismo que sentía, se paró y comenzó a ordenar lo que pilló fuera de lugar. «¿Qué se supone que debo decirle?», pensó. No llevaban ni tres meses juntos. Aunque considerando su relación anterior, el tiempo había sido una variable sin peso alguno. «¿Qué es lo que siento?», reenfocó la pregunta. Sentía que quería estar con él tanto tiempo como fuera posible. Era una de las pocas personas con las que disfrutaba incluso discutir. Y las razones de esas discusiones generalmente la hacían sentir muy querida. «¿Qué habría pasado si me hubiese dicho en la cara que me amaba?», se planteó. Había sido astuto en escribirlo. Ahora la pelota estaba en su cancha, ¿qué haría con ella?

Pasado el mediodía, JP se disponía a atender a su última paciente antes de salir a almorzar. Se llamaba Tamara y le tenía especial cariño.

Era una niña de seis años, risueña y coquetona. La conocía desde hacía dos años, cuando le diagnosticó escoliosis idiopática. Su madre la traía cada cuatro meses para evaluar la deformidad de su columna.

JP la recibió con los brazos extendidos.

—¿Cómo está mi paciente favorita?

—Bien —le respondió Tamara con una incompleta sonrisa—. Le traje un dibujo.

—¡Pero qué bonito! —sonrió al verse dibujado con las mechas paradas y unos ojos muy al estilo animé—. Lo voy a registrar en mi colección, muchas gracias —saludó a la madre y comenzó la revisión. Al parecer, y según la última radiografía, la curva no había aumentado. Pero hasta que el crecimiento óseo cesara, la curva aún podía progresar, por lo que debían mantenerse muy atentos.

Tras responder a algunas inquietudes, JP decidió salir con ellas. La madre se despidió para ir a agendar la próxima consulta, pero Tamara insistió en quedarse con su doctor.

—No, hija, el doctor está ocupado.

—No se preocupe, puedo esperar un momento —le guiñó el ojo a Tamara.

—No me demoro nada, doctor, se lo prometo.

JP y la niña se sentaron en una banca del pasillo y comenzaron a hablar del colegio. Ella reía ante todo lo que el doctor le preguntaba. Pasados unos minutos, Bárbara salió del ascensor.

—¿A qué debo esta sorpresa?

—Me dijeron que en este hospital atendía un traumatólogo de lujo y resulta que hoy amanecí con un desgarro —se acercó para besarlo, pero sintió la mirada de la niña.

Era linda, con rasgos suaves que, en ese momento, no se notaban por su expresión. Tenía los ojos entornados y fijos en Bárbara. La mueca de su boca le confirmó que estaba enrabiada por su presencia.

—¿Quién es tu amiga? —preguntó—. Parece que recibió una mala noticia hoy.

JP observó lo taimada que estaba Tamara.

—¿Te refieres a esta hermosa niña? —la rodeó con un brazo para relajarla—. Se llama Tamara y es mi paciente favorita. Tamara, quiero que conozcas a Bárbara, ella es mi persona favorita.

La niña no respondió, se cruzó de brazos y le hizo un desprecio a la mujer que le había quitado la atención de su doctor.

—¡Qué mona! —se burló Bárbara.

—El doctor atiende solo a niños —Tamara se inclinó hacia adelante negando con la cabeza—. Tú no eres una niña.

—Yo creo que conmigo hará una excepción. Además, tú lo escuchaste, soy su persona favorita.

—Yo soy su paciente favorita —replicó con las cejas enarcadas.

A Bárbara le hizo gracia lo respondona que era. Le sonrió levemente a JP y se acuclilló frente a ella.

—Prometo no quitártelo si permites que me revise esta vez.

—No, porque yo lo vi primero.

—¿Cuándo fue eso? Porque yo lo conozco desde hace mucho.

—Yo lo conozco desde que era chica.

—Yo también, y como soy más vieja te gano.

—¿Es verdad? —le preguntó la niña al doctor.

—No.

Tamara hizo un sonido gutural por la mentira.

—Gracias por el apoyo —le dijo Bárbara.

—Disculpe la demora, doctor. Su agenda está copada, pero me hicieron un espacio.

—No hay problema. Pórtate bien, traviesa.

Cuando se marchaban, Tamara volteó y le sacó la lengua a Bárbara. Ella le devolvió el mismo gesto.

—Eres un personaje, fierita. Vamos al box para revisarte.

—No quiero que me revises acá. ¿Estás en tu descanso?

—Sí, pero ¿por qué no quieres que te revise acá?

—Tú sígueme la corriente, doc.

JP lo hizo hasta que el Uber los dejó en su destino.

—¿Por qué vinimos a mi departamento?

—Ya te dije, necesito que me revises.

—No entiendo qué tiene que ver una cosa con la otra.

—Si quieres más detalles, tendrás que confiar en mí.

A la espera del ascensor, JP le recordó que debía volver al trabajo.

—¿Te gusta mi falda, doc?

JP miró la prenda de vestir: era negra, con bolsillo a los costados y le quedaba pasada la rodilla.

—Muy bonita. ¿Escuchaste lo que dije?

—Debería informarte que mi desgarro es más bien por no haber tenido la oportunidad de despedirme de ti en la mañana —subieron al ascensor—. Ahora podría hacerlo como es debido, y de paso podrás ver que esta falda es todo lo que llevo puesto de la cintura hacia abajo.

Sorprendido, JP comprobó disimuladamente lo que le decía.

—¿Por qué andas sin ropa interior? —le susurró.

—Para provocarte —respondió en el mismo tono—. Tampoco ando con sostenes.

En tanto bajaban, JP le miró los senos.

—Supongo que no voy a demorar en desnudarte.

—Supongo que no.

JP llamó a Laura para cerciorarse de que no estuviera ahí. La rodeó con un brazo por la cintura y con la otra mano se deslizó por debajo de la falda. Controlando sus instintos, reguló la suavidad de su tacto. Le encantaba la humedad de su zona excitada. Ella se dejó llevar sin hacer ningún esfuerzo por controlar la situación. Él se apropiaba de su cuerpo cada vez que hacían el amor. La arrimó con fuerza al sentir los espasmos de su primer orgasmo.

—Me encanta —dijo ella aún invadida por el deleite que le producía tamaña sensación.

—A mí también —la subió a la mesa y la desnudó. Se desprendió de la ropa al tiempo que memorizaba cada detalle de esa piel que vibraba de goce cuando él la acariciaba. La penetró con la avidez de quien necesita algo. Hicieron el amor hasta que ambos volvieron a sentir sus descargas de placer.

JP estaba en la cocina comiendo una manzana cuando Bárbara entró ya vestida.

—Espero que tu descanso haya sido provechoso, doctor.

—Muy provechoso —le dio un beso—. Eres una fresca.

Bárbara pensó en la nota, pero como él no la mencionó, optó por dejarlo pasar.

—Te voy a extrañar mucho.

—Yo también. ¿A qué hora te vas?

—Depende del auto. ¿Tu amigo te confirmó a qué hora lo tendrá listo?

—Pensé que te habían llamado. —Bárbara negó—. Te lo irán a dejar después de las cuatro. Le están cambiando todos los neumáticos, por eso se demoraron.

—Pero yo no pedí que le cambiaran los neumáticos.

—Lo sé, pero Jorge me dijo que estaban muy gastados y me sugirió cambiarlos —botó los restos de la manzana.

—¿No se te ocurrió consultarme? —le preguntó en tono de queja—. No tendré retorno de dinero hasta en unas semanas más.

—No te lo estoy cobrando, es un regalo.

—No quiero ese tipo de regalos, Juan Pablo. Es mi auto, por lo tanto, mi responsabilidad. Si era necesario cambiarle todos los neumáticos, entonces debí saberlo. Tomaste una decisión por mí sin consultarme y eso no me gusta.

—Primero, un gracias hubiese bastado, pero supongo que debería dejar de anhelar respuestas tan simples de tu parte. Segundo, cuando uno hace un regalo, no preguntas si estás de acuerdo con que te lo hagan, ¿verdad? Puede ser que no te haya gustado, pero en ningún caso quise no considerarte. Si te sentiste así, te pido disculpas. Tercero, el auto que manejas está pasado de la revisión, así que te pido que lo lleves a una. Si le cambiaron los neumáticos, es porque un experto me dijo que era necesario. Tomé una decisión para resguardar tu seguridad.

—Cuánto salió, te lo pagaré.

—No quiero que me lo pagues. Me iré solo al hospital —se despidió y caminó hacia la puerta—. Avísame cuando hayas llegado a Santiago. No quiero volver a hablar de esto, Bárbara.

—Lo que tú digas —masculló. Sacó el teléfono y llamó a Cristóbal para que le averiguara cuánto había salido el trabajo. De ninguna manera aceptaría ese regalo.

6
Enfrentando el pasado

La señora Carmen vivía en un barrio residencial, en la comuna de San Miguel, lugar al que Bárbara llegó cerca de las diez de la noche. Cenaron juntas, instancia que la madre aprovechó para comentarle a su hija que estaba pensando en vender la casa. Era muy grande para ella y el momento era perfecto, pues el terreno había experimentado una plusvalía debido al crecimiento y conectividad del sector. Le anticipó que sus hermanos estaban de acuerdo con la decisión. Bárbara no dudó en apoyarla y le ofreció ayuda para venderla. «No te preocupes, mijita, Juan se encargará», le hizo saber la madre.

A minutos de la medianoche, Bárbara despertó con el vibrar de su teléfono.

—Hola.

—Sé que es tarde, pero quería saber si estabas bien.

—Te escribí hace un rato.

—Yo también, pero no respondiste.

—Me quedé dormida —se concentró en la música de fondo—. ¿Dónde estás?

—En el bar con unos amigos. Cristóbal me contó lo que le solicitaste. Cariño, no quiero que me pagues, no sigas con eso.

Bárbara sonrió porque era primera vez que JP la llamaba «cariño». Otro cambio en su relación y le había gustado.

—No lo hablemos ahora. Te extraño mucho. Me encantaría estar acurrucada a tu lado.

—Eres una tierna. Si no fueras tan terca, ese rasgo se te notaría más.

—Entonces me alegra ser terca. ¿Cómo está Laura?

—Bien. Quedó en el departamento con unas amigas y me advirtió que no llegara temprano.

—Mi departamento está disponible por si lo quieres usar.

—Muchas gracias. ¿Cómo está tu mamá?

—Se ve bien. Me dijo que iba a vender la casa.

—Si vive sola, tal vez sea lo mejor.

—Mientras esté tranquila, por mí está bien. Mañana desayunaré con tu hermano. Me prometió que me esperaría con un desayuno continental.

JP soltó una risa burlesca.

—Dudo mucho que ese weón te espere con algo decente. No te hagas muchas expectativas.

—Si supera la leche y los huevos que tú haces, para mí será suficiente.

—Eres una malagradecida. Te recuerdo que cuando estoy en tu departamento, ni siquiera puedo hacer unas tostadas decentes.

—Tengo a la señora Gladys, no necesito tener nada en la despensa.

—Contigo nunca gano —escuchó a Bárbara sonreír—. Vente temprano el domingo, por favor.

—Tú también eres un tierno, doc.

—Te amo, Bárbara… Supongo que ha concluido nuestra conversación —aseveró por el mutismo—. Es mejor que te acostumbres a escuchar que te amo. No quiero tener que cortarte cada vez que te lo digo. Saluda a mi hermano. Te diría que saludes a tu madre, pero dudo que sepa de mi existencia.

—¡Qué poca confianza me tienes, Juan Pablo! ¿Qué pasaría si te dijera que le mencioné que estaba saliendo con un tipo que, pese a sus muchos defectos, es un hombre increíblemente inteligente, cariñoso y guapo?

—¿De verdad le dijiste eso?

—No, pero se lo diré cuando encuentre el momento. Espero que duermas mal sin mí. Hablamos mañana, un beso.

JP estaba sonriendo cuando Cristóbal se acercó a él.

—Déjame adivinar la razón de esa sonrisita: Bárbara García. —JP asintió—. Nunca te había visto tan enganchado y ella ni siquiera es de tu estilo.

—Me gusta mucho, weón. No recuerdo haberme sentido así…

Mientras Cristóbal lo escuchaba, sintió alegría por su amigo, pero también un poco de celos por lo que tenía con Bárbara.

—Estoy feliz por ti, Pelao. Aunque no creo que ella sea de las mujeres que andan con el vestido de novia en el bolso.

—No quiero pensar en eso. Por ahora me conformo con que sea parte de mi vida.

La calidez con que Tomás la recibió era parte del sello de los Camus, uno que Bárbara ya conocía de sobra. El departamento estaba situado en la parte oriente de la capital, comuna de Las Condes, y desde el balcón se podía observar la imponente cordillera de los

Andes. El paisaje lo complementaba un amplio parque que contrastaba con el despejado cielo de esa mañana. La decoración del lugar era sencilla y la ropa desparramada en el sillón aportaba naturalidad.

—El desayuno está listo —anunció él desde la cocina americana.

—¡Guau! —la mesa estaba dispuesta con una variedad de comestibles: cruasán, tostadas, jamón, queso y mantequilla. Había café, fruta cortada y además preparaba omelette—. Tu hermano no te tenía fe. Cuando le comenté que me habías invitado a desayunar, me dijo que no me hiciera muchas expectativas.

—¡Maldito! Déjame sacarte una foto junto a la mesa para enviársela.

—Claro —posó con una tostada en la mano y una taza de café en la otra—. No debiste molestarte, muchas gracias.

—Quería que te fueras con una buena impresión de tu cuñado —le dijo en tanto escribía el mensaje—. ¿Cómo estás y qué haces en Santiago?

—Estoy bien. Mi mamá estuvo de cumpleaños el jueves, pero hoy la invitaremos almorzar con mis hermanos.

—¿Cuántos hermanos tienes?

—Dos: Juan es el mayor y Berta es la del medio.

—Me gustaría conocerlos. ¿Quieres omelette?

—Comeré todo lo que hay en la mesa para que veas que estoy agradecida del banquete que preparaste.

—Me parece justo.

—¿Cómo estás tú?

—Bien. Conocí a alguien, aunque no es nada serio. Estamos saliendo hace un par de semanas, y por el momento te podría decir que me gusta. Si tuvieras tiempo, te la habría presentado —escuchó el timbre de su WhatsApp—. JP se retracta de lo dicho y dice que no te deje ir sin que te hayas tomado un vaso de leche.

—Por supuesto que dijo eso —meneó la cabeza—. ¿Siempre ha sido así, tan preocupado con…? —no supo cómo llamarse.

Tomás sonrió ante su dilema.

—No sé si habrá sido así con todas sus *novias*. Lo que sí sé es que tiene un tremendo sentido de la responsabilidad. Cuando vivimos juntos, tuvimos muchas discusiones a raíz de ese tema. Era un weón muy cargante, aunque creo que a mi hermana le tocó la peor parte. Recuerdo que cuando se peleaban, Laura me llamaba para decirme que se arrepentía de no haber escogido Santiago para estudiar —rieron—.

Él siempre ha sido así, es un clon de mi vieja. De todas formas, y si de algo te sirve la aclaración, nunca lo había visto tan entusiasmado con una novia como lo he visto contigo.

—¿Ha tenido muchas?

Tomás puso el ceño pensativo.

—Le conocí a un par en la universidad, el resto solo fueron relaciones cortas. Mucho no sé de su vida en Viña porque a veces me pierdo de lo que pasa con mis hermanos. —Bárbara asintió—. Mira, cuñadita, JP es de la vieja escuela. Cuando alguien le importa, los puntos intermedios no son una opción…

—Disculpa —le dijo al sentir su teléfono: era su amiga Ale—. ¿Me das un minuto? Tengo que responder.

—Sí, dale.

Bárbara salió al balcón y conectó la llamada.

—Me estaba preguntando cuándo me llamarías. Supongo que ya sabes que estoy en Santiago.

—Y estoy muy sentida porque no me avisaste. Pero estoy dispuesta a perdonarte si hoy me acompañas a la fiesta de Diego.

—No sé, Ale, mañana no quiero irme tarde.

—Me lo debes, Negra. Además, estarán todos y seguro te quieren ver.

A Bárbara le dio un retortijón al escuchar «todos».

—¿A quiénes te refieres?

—Tranquila, no creo que vaya Carlos. Anda desaparecido desde… ya sabes.

—…

—¿El resto sabe que estoy acá?

—Si se lo dijiste a la Ana, ¿qué crees tú?

—La Anita y su gran boca. Está bien, pero solo iré un rato. Te aviso cuando esté tomando el taxi.

—¿Vendiste tu auto?

—No, pero vamos a tomar…

—Perdón —pronunció con un tono desproporcionado—. ¿Estoy escuchando bien? Hasta donde yo recuerdo, manejar con alcohol nunca fue un problema para ti.

—Estoy cultivando la prudencia, pero no sé hasta cuándo me dure.

—¡Ella, la prudente! —bromeó—. ¿Hacemos la previa en mi departamento?

—Me parece bien, nos vemos.

—Chao, amiga.

Tras cortar, Bárbara se quedó observando la Cordillera. Era algo que extrañaba de vivir en Santiago, eso y a sus amigos.

Tomás salió con su taza de café.

—¿Todo bien?

—Sí, era una amiga. Me estaba invitando a una fiesta hoy.

—¿Irás?

—Creo que sí. ¿Quieres venir?

—No puedo, tengo una cita con mi chica.

A la hora de almuerzo, Bárbara se reunió con su familia en el restaurante preferido de su madre. Durante la comida, el tema recurrente fueron los niños y lo bien que se habían adaptado a su nuevo colegio en Ñuñoa. Berta estaba un poco aburrida de escuchar una y otra vez la misma historia, así que apenas tuvo la oportunidad, desvió la conversación.

—¿Te gusta vivir en Viña, Barbarita?

—Hasta el momento, sí. Extraño Santiago, pero Viña es un buen lugar y no me ha faltado trabajo.

—Ayer me contó que corría —mencionó la madre mientras le cortaba la carne a uno de sus nietos—. Le dije que tuviera cuidado porque se han visto muchas marejadas en la zona.

—¿Hace cuánto estás corriendo? —quiso saber Álvaro.

—Desde que me mudé. Ahora es adictivo.

—Eso pasa con el deporte —respaldó su cuñado con intención de incentivar a su novia—. Tu hermana se metió al gimnasio. Vamos a ver si aguanta esta vez.

—¿Podríamos hablar de algo más? —propuso Berta incómoda por el desatino de su novio.

Álvaro le hizo un gesto de calma y cambió el tema.

—¿Cómo va el corazón?

Todos sabían que había terminado su relación hace unos meses, pero desconocían la razón.

—Bien, de hecho, conocí a alguien. Llevamos unos meses saliendo.

Su hermano hizo un mohín reprobatorio por lo rápido que consiguió reemplazante.

—¿Es de Viña? —preguntó Berta.

—No, es de Puerto Varas. Pero estudió en Santiago y ahora vive en Viña.

—¿A qué se dedica, mijita?

—Es traumatólogo infantil.

—Te aseguraste —manifestó mordazmente Juan.

—¡Me pillaste, Juanito! Había pensado en meterme con un abogado, pero, por mi experiencia, no les va muy bien. ¿O será que tú tienes mala suerte?

—No comiencen —se impuso la madre—. Terminemos de comer como la familia que somos.

Ignorando a su hermano, Bárbara le preguntó a su cuñado cómo iban sus planes para independizarse.

Al terminar, se fueron a la casa de su madre a hacer la sobremesa. Bárbara jugó un rato con sus sobrinos y luego durmió una siesta.

Despertó cerca de las nueve de la noche por el vibrar del teléfono en su velador.

—Aló —contestó sin ver quién era.

—¿Te desperté?

—Sí, pero está bien. ¿Cómo estás?

—Un poco cansado. Hoy fui a jugar tenis con unos amigos, pero con la fiesta de anoche quedé agotado. ¿Cómo estuvo tu día?

—Ocupado. En la mañana me quedé conversando con tu hermano.

—¿De mí?

—Puede ser que hayamos intercambiado algunas opiniones, pero no diste para tanto —respondió burlona—. Me contó que estaba saliendo con alguien.

—Algo me había dicho. ¿La conociste?

—No pude. Ella iba a ir más tarde y yo tenía que irme al almuerzo familiar.

—¿Qué tal estuvo?

—Bien. Uno que otro roce con mi hermano, pero dentro de lo esperado. Les conté que salía con alguien.

—No te preguntaré qué les dijiste porque ayer escuché mi carta de presentación.

—Tal vez varié algunas cosas.

—¿Qué variaste?

—Les dije que eras muy bueno en la cama —él carcajeó—. Hablando de sexo, ¿te fuiste solo ayer?

—No tuve esa suerte.

—¿Qué significa eso?

—Significa que no me fui solo.

Bárbara intuía que la inexistente explicación tenía justamente el propósito de hacerla sentir como se estaba sintiendo, pero no tenía ninguna intención en manifestárselo.

—Con quien sea que te hayas ido, espero que lo hayas pasado bien.

—La verdad es que lo pasé muy bien, gracias. ¿Qué harás hoy en la noche?

—Voy a salir con una amiga. No la he visto desde que me fui de Santiago, así que promete ser una larga noche.

—No manejes si vas a tomar, por favor.

—Iré en taxi, papá, no te preocupes.

—Bueno, hija, cualquier cosa me llamas.

Bárbara rio.

—Oye.

—Dime.

—¿Con quién te fuiste ayer?

—¿Por qué te costó tanto preguntármelo?

—Lo importante es que te lo pregunté, ¿no?

—Gracias, Bárbara, me honra que te tragaras tu orgullo y decidieras salir de la duda —ella no dijo nada al percibir el tono áspero—. Me fui con Cristóbal. Que te diviertas. Te amo —cortó.

—Yo también —dijo mirando el teléfono.

Alejandra era el nombre de pila de su amiga Ale. La conocía desde hacía más de cinco años, tiempo en el que forjaron una amistad que, pese al distanciamiento de estos últimos meses, permanecía intacta.

Ambas se sentaron en el sofá y comenzaron a degustar una jarra de margaritas preparada por Ale.

—Imagino que me tienes novedades porque últimamente no hemos hablado mucho.

—Te tengo algunas, pero tú primero.

—Mi vida no ha cambiado mucho. Durante la semana el trabajo me tiene colapsada, los sábados los destino a divertirme y el domingo es para dormir la resaca. Te juro que no me doy ni cuenta cuando es lunes y comienza todo de nuevo.

—Me siento muy celosa de tu vida, querida amiga —rieron.

—Te extrañé, Negra —tintinearon sus copas—. No hay nadie como tú para subirme el ánimo.

—¿Por qué no te tomas unos días y me vas a ver? Podría presentarte a la persona con la que salgo, se llama Juan Pablo.

—¿Estás saliendo con alguien? —preguntó desconcertada.

—Sí, ¿por qué?

—Pensé que ibas a querer estar sola después de cómo terminaron las cosas con Carlos.

—Aunque no lo creas, lo intenté. Pero JP de verdad me gusta, Ale. Quise mucho a Carlos, pero nunca me sentí con él como me siento con JP —le explicó—. Haberme ido fue la mejor decisión.

—Nadie te recrimina eso… Bueno, Carlos podría ser la excepción.

—¿Lo has visto?

—Sí, pero muy poco —sorbió su margarita—. Las veces que nos hemos juntado, él nunca aparece. Yo creo que decidió alejarse, porque no quiere que lo veamos como el pobrecito de la relación.

—A pesar de lo poco amable que fue esa noche, me da pena cómo terminó todo entre nosotros.

—Tienes que entenderlo, Negra. Estaba muy enamorado de ti, si es que aún no lo está. Imagínate que a la persona que amas, con la que llevas tres años de relación, le pides que se vaya a vivir contigo, y a cambio, no solo recibes un no por respuesta, sino que te abandonan.

—Yo propuse una alternativa y él no quiso —precisó—. De todas formas, JP no sabe nada de esto y no creo que se lo cuente. Para mí Carlos es pasado.

—Está bien. Cuéntame sobre JP.

Carlos, por su parte, se había enterado de que Bárbara estaba en Santiago y que iría con Ale a la fiesta que Diego daba en su casa.

Habían pasado siete meses desde la última vez que la vio. Todavía recordaba la noche en que le propuso vivir juntos, ilusionado con comenzar una familia junto a ella. No había querido proponerle matrimonio porque sabía cuál era su postura frente al tema. Pero se negaba a seguir como el eterno novio puertas afuera. Había preparado una cena especial para que la velada fuera inolvidable. Y ciertamente lo fue. La simple respuesta de Bárbara lo había enfurecido: «Lo mejor es darse un tiempo». Pero él le aclaró que no era una opción, lo cual derivó en una discusión cuyo resultado fue que ella se marchara. Desde entonces no la había vuelto a ver. Cuando supo que se había ido de la ciudad, se sintió humillado y dejó de frecuentar a sus amigos. Luego de meses de dolor, había comenzado a tener citas que procuraba no fueran comprometedoras, albergando siempre la esperanza de que algún día Bárbara apareciera arrepentida. Tal vez ese día había llegado.

Ale y Bárbara llegaron a la fiesta con una jarra de margarita en el cuerpo, por lo que sus sentidos no estaban en las mejores condiciones. Entre bromas y abrazos, los asistentes recibieron a la nueva viñamarina, que no demoró en ponerse al día de lo acontecido en estos últimos meses.

Estaban rememorando anécdotas, que a ratos eran acompañadas de carcajadas, cuando tocaron el timbre. Diego apareció con Carlos en el salón donde todos se encontraban. El recién llegado recorrió el lugar con la mirada hasta encontrarse con su exnovia.

Bárbara sintió un revoltijo en el estómago, pero no sabía si era por todas las margaritas que bebió o porque tendría que enfrentar a Carlos.

Ale, acongojada, se acercó a su amiga.

—Te juro que nunca viene, no tengo idea qué hace acá.

—Tranquila, no te preocupes. No me puedo seguir escondiendo.

Carlos avanzaba por el salón saludando a sus amigos. Bárbara lo seguía con la mirada, atenta a sus movimientos y reacciones. Lo había conocido en la misma época que conoció a Ale. Era ingeniero en informática y trabajaba en una aerolínea conocida a nivel mundial. Su personalidad no destacaba entre su grupo de amigos, pero cuando andaba irritable era mejor no acercarse a él. No fue hasta dos años después de su primer encuentro que comenzaron a salir como pareja.

Carlos saludó a Ale y luego a Bárbara.

—¿Cómo estás? —preguntó él.

—Bien.

—¿Cómo...? —sonrieron por la coincidencia de palabras y tiempo de pronunciación.

—Tú primero —dijo él.

—Te iba a preguntar, ¿cómo va el trabajo?

—Una alerta de hackeo el mes pasado sería lo más emocionante que ha pasado. Tú, ¿en qué estás?

—Sigo con la empresa. He tenido suerte y no me ha faltado trabajo —se sintieron observados.

Ale lo hacía de cerca para saber si podría dejarlos solos. Al parecer no había problema.

—Voy por una cerveza. ¿Quieren algo?

—Yo voy —se ofreció Carlos—. ¿Te traigo una? —le preguntó a Bárbara. —Ella asintió—. Vuelvo enseguida.

—Negra, si quieres nos vamos. Aunque se ve bastante civilizado, tomando en cuenta lo que pasó entre ustedes.

—También lo creo. Se ve bien, y lo digo en todos los sentidos.

Carlos era un hombre no muy alto, rubio, de tez blanca, ojos marrones y labios finos. La nariz tenía una curva marcada que sobresalía en su rostro y le daba un aspecto varonil. Vestía una polera, pantalones de tela, zapatillas y su típico chaquetón gris. Bárbara pensó en ellos como pareja y le dio nostalgia no haber terminado en buenos términos.

Carlos llegó con tres cervezas, las repartió y Ale se excusó cuando vio entrar a un amigo que había invitado.

—¿Quieres que salgamos al patio?

Él asintió y la siguió.

Nerviosa, se sentó en el borde de una jardinera en el patio interior. Corría viento, por lo que se cubrió el cuello con la chaqueta.

—¿Cómo está tu familia?

—Mi mamá con sus típicos achaques, pero mi papá la contiene. Matías está en su último año de universidad. No lo he visto mucho porque tiene novia —hubo un silencio que dio espacio para contemplar la noche—. ¿Viniste a ver a tu familia o regresaste a Santiago?

—Mi mamá estuvo de cumpleaños.

—Me acordé.

—Hoy la invitamos a almorzar, por eso vine. Regreso mañana a Viña.

—¡A Viña! —exclamó con sorpresa—. No tenía idea. La verdad es que nunca quise preguntar.

Bárbara bajó la mirada mientras él la observaba: pese a todo la extrañaba.

—Sé que es un poco tarde, Carlos, pero siento mucho haberme ido así. Pensé que era lo mejor.

—¿Qué te hizo pensar que era lo mejor?

—Yo no estaba lista para lo que tú querías. Cuando te propuse tomarnos un tiempo, me dijiste que no era una opción. Hace cinco años que teníamos el mismo círculo de amigos, todo hubiese sido más difícil si me hubiese quedado.

—Pero yo no pude opinar sobre eso —le recriminó—. Te fuiste sin decirme nada, Bárbara. ¿Tan poco te importaba nuestra relación?

—No, Carlos —se paró—. Yo te quería mucho, te sigo queriendo, pero no estaba preparada para dar ese paso. Me gustaba estar contigo, nos conocíamos hace mucho tiempo y creo que me acostumbré a tenerte a mi lado.

—Era justamente lo que te estaba ofreciendo, tenerme a tu lado siempre.

—Sí, pero yo me refiero como amigo.

—Fuimos novios por tres años —le recordó airado—, ¿me vas a decir que estábamos juntos porque te gustaba como amigo?

—No, tú de verdad me gustabas. Pero en algún momento me perdí y no sabía si te quería más como amigo que como novio. Eres una persona increíble, pero creo que yo no era la indicada para ti.

—¿En serio vas a recurrir a las frases cliché? —preguntó con un ademán incrédulo—. Guárdate la compasión, Bárbara. —De espaldas a ella, se pasó las manos por el pelo y las dejó cruzadas en la nuca. Esta no era la disculpa que había esperado por tanto tiempo—. No quiero seguir hablando de esto.

—...

—¿Podemos ser amigos?

Carlos cerró los ojos; cómo podría ser su amigo si ansiaba abrazarla y besarla.

—No creo —respondió—. Pero no veo por qué no podamos compartir unos tragos en una fiesta.

Bárbara comprendió su posición y no insistió.

Estuvieron bebiendo, conversando y riendo con personas que los habían visto crecer como pareja. Las historias del pasado fueron para Carlos un bálsamo de buenos tiempos junto a Bárbara. A veces la miraba fijamente mientras ella rememoraba alguna anécdota. De ahí que reafirmara que amigos no podrían ser. Él jamás volvería a verla de esa forma.

A las cinco de la madrugada, Bárbara se encontraba en evidente estado de ebriedad. Su amiga Ale se había ido con su invitado especial, por lo que ella debía irse en taxi. Miraba su teléfono, pero no lograba enfocar bien. Sentía muchas náuseas y le costaba mantenerse en pie. Carlos, también mareado, la sostuvo cuando estaba a punto de caerse.

—Estás muy borracha. ¿Dónde te vas a quedar?

Bárbara le acarició la cara.

—Te ves muy guapo.

—Tú también —dijo mirando sus labios—. No creo que estés en condiciones de irte sola. Es mejor que te quedes conmigo.

Con la mirada perdida, Bárbara simplemente sonreía.

Entraron al departamento de Carlos, con Bárbara riendo por los intentos de su exnovio de mantenerla despierta.

—¿Estás bien? —le preguntó sosteniéndola de la cintura.

—No, si yo estoy bien —balbuceó ella afirmada de su cuello.

Carlos respiraba profundo y agitado. Sus cuerpos estaban tan cerca como sus labios.

—Te extrañé mucho —le agarró la cabeza y la besó.

Bárbara le respondió por inercia, era lo que menos esfuerzo demandaba el momento. Para él, el beso fue largo y apasionado; para ella solo un movimiento que acentuó lo mal que se sentía.

7

La mentira

Bárbara despertó con dolor de cabeza y una desagradable acidez. Divisó un ventanal frente a ella que no logró reconocer. Cerró los ojos para controlar la pulsación que sentía en su cabeza. Se mantuvo así por unos segundos hasta que la imagen del ventanal volvió a su mente. Se sentó lo más rápido que pudo, algo que aumentó el malestar. Llevaba puesta su ropa interior y una polera que reconoció de Carlos. «¡Mierda! ¿Qué hice?», pensó. Se estaba levantando cuando la puerta de la habitación se abrió.

—¡Por fin despertaste! —Carlos dejó la bandeja del desayuno sobre la cama—. ¿Cómo te sientes?

Desconcertada, Bárbara respondió:

—Bien. ¿Qué hora es?

—Pasado el mediodía. Tu teléfono ha sonado varias veces, tal vez deberías revisarlo. Está debajo de la almohada —le indicó—. ¿Quieres té o café?

Bárbara sacó su teléfono con un dolor de tripas terrible.

—¿Dónde está mi ropa, Carlos?

La miró receloso por el tono utilizado.

—La dejé sobre la silla.

Bárbara la alcanzó, temerosa de preguntar qué había pasado entre ellos. Pero se armó de valor.

—¿Anoche estuvimos…?

—¿Tan malo habría sido?

—Bastante malo si tomas en cuenta que no recuerdo cómo llegué acá o por qué estoy vestida con tu polera.

—No te traje a la fuerza si eso estás insinuando —dijo molesto—. Estabas muy borracha y Ale se había ido. Te ibas a ir a tu casa en ese estado y te ofrecí mi departamento. En cuanto a qué pasó entre nosotros, nos besamos —ella levantó la cabeza con una expresión despavorida—. Antes de que sigas mirándome como a un depravado, te aclaro que yo no te obligué. Luego vomitaste, manchaste la alfombra y de paso tu ropa. —Bárbara vio el registro en sus pantalones—. ¿Querías acostarte con el vómito? Tuve que desvestirte —terminó de relatarle con evidente malhumor.

—Está bien, disculpa —fue al baño a cambiarse la polera. De regreso le sonó el teléfono, miró de soslayo a Carlos y salió de la habitación—. Hola.

—Me tenías preocupado, Bárbara. Te he tratado de ubicar durante toda la mañana.

—Lo siento, dejé el teléfono en silencio.

—¿Ya te vienes?

—Tal vez llegue más tarde. No creo que alcance a almorzar con ustedes, lo siento.

—Te podemos esperar, no hay problema. ¿Dónde estás?

Esa era la pregunta que Bárbara hubiese preferido evitar.

—En el departamento de Ale —mintió angustiada—. Me quedé dormida, acabo de despertar.

—Veo que no bromeabas cuando dijiste que sería una larga noche.

—Estoy trasnochada, JP, es mejor que nos veamos mañana.

—No me digas eso, cariño, te extraño.

—Yo también, pero no voy a ser una buena compañía hoy.

—Quiero verte, Bárbara, no me importa si no eres una buena compañía —hubo silencio—. ¿Quieres verme o no?

—Sabes que sí.

—Entonces te espero acá. Conduce con cuidado.

—Está bien.

Cuando entró a la habitación para recoger sus cosas, se percató de la expresión de furia que tenía Carlos.

—¿Con quién hablabas?

—No es de tu incumbencia. Gracias por ayudarme anoche —saliendo de la habitación, él la volteó del brazo para quedar de frente.

—¿Estás saliendo con alguien?

—Si fuera así, ¿cuál es el problema? Tú y yo no tenemos nada, y cualquier cosa que haya pasado en la madrugada fue un error producto de la borrachera.

—No demoraste nada en encontrar reemplazo —le echó en cara—. Así de simple son las relaciones para ti. Te aburres del imbécil, te vas sin decirle nada y comienzas de nuevo en otro lugar.

—Yo no soy así —contradijo alterada—. No sabía cómo se iban a dar las cosas, Carlos. Sí, estoy con alguien, pero no fue mi intención hacerte sentir mal.

—Tus malditas intenciones se pueden ir a la mierda. Eres una hipócrita y una zorra… —Bárbara le dio una bofetada.

—¡Imbécil!

Carlos se puso la mano sobre la mejilla.

—Seguro el idiota de ahora no sabe por qué te fuiste de Santiago, ¿verdad? No tiene idea lo que le espera.

Bárbara terminó de recoger sus cosas y se marchó.

Camino a Viña, estaba evaluando si decirle la verdad a JP. Pero explicarle dónde había dormido la obligaba a revelarle su historia con Carlos. «No, lo mejor era no decir nada —se dijo—. No tendría cómo enterarse». Recordó el beso que Carlos le mencionó, pero se animó a considerarlo como algo sin importancia. Le pegó al manubrio con fuerza, ni siquiera recordaba el maldito beso que la atormentaba. Pensó en cómo JP le dijo que la extrañaba mientras ella le mentía. «No, no diré nada», se repitió convencida de que era lo mejor.

Al entrar al departamento de JP, no vio a nadie a simple vista, lo cual agradeció. Dejó su bolso en la entrada y fue a la cocina para ver qué podía comer. La resaca había cedido, pero aún quedaban vestigios de una noche para el olvido.

Del refrigerador sacó lo necesario para hacer un sándwich. Cuando volteó, vio a JP apoyado en la puerta con las manos en los bolsillos.

—Hola, no te sentí —dejó las cosas en el mesón.

—Yo, en cambio, te sentí apenas entraste… ¿Me vas a saludar como corresponde o no?

Bárbara se fue a sus brazos y le dio un beso cálido que poco a poco se fue intensificando hasta volverse impaciente. Lo único que quería era borrar el implantado recuerdo de estar besando a Carlos.

—Vamos al dormitorio —le pidió ella.

Media hora más tarde, JP entró a la habitación con una bandeja. Bárbara seguía dormida, boca abajo, y cubierta solo con una manta. Dejó la bandeja en el velador y se aproximó a ella.

—Despierta, dormilona —le acarició la espalda hasta que ella abrió los ojos—. Te traje comida.

Bárbara se incorporó y alcanzó una polera.

—Tengo mucha hambre, gracias —recibió la bandeja.

JP se sentó frente a ella.

—¿Quieres que nos demos un baño de tina después de comer?

—¿Con espumita? —preguntó risueña.

—¿De verdad te estás burlando? Tú, una mujer que dice odiar los prejuicios de género.

—No estoy diciendo que esté mal, pero no pareces el tipo de hombre que se da baños de espuma.

—Bueno… —quiso rebatirle, sin embargo, le confesó—: Está bien, nunca me he dado uno —sonrieron—. Laura me convenció de probar sus productos. Si me gustan, debo agregarlos a las compras del mes.

—¡Qué astuta la hermanita!

—¿Quieres probarlos conmigo o no?

—Absolutamente, y te aviso que haré todo lo posible para ayudar a mi amiga.

—Se los iba a comprar de todas formas.

Bárbara lo miró con ternura.

—Me encanta cómo eres con tu hermana. Aunque no sé qué tanto le ayude que prolongues su estadía en la burbuja en la que vive.

—¿Por qué dices que vive en una burbuja?

Bárbara terminó de comer y le explicó:

—Cuando yo estudiaba en la universidad, también tenía que trabajar para ayudar a pagar el arancel, porque con lo que ganaba mi mamá como profesora no nos alcanzaba. —JP la escuchaba con atención—. Esa es la realidad de muchos estudiantes: trabajar y estudiar. Algo que para Laura es impensado. Por eso digo que vive en una burbuja, y no la estoy criticando —se apresuró a aclarar—. De hecho, me alegra que tenga la posibilidad de estudiar sin preocuparse del dinero y que además tenga solvencia económica, lo cual imagino se debe a la generosa mesada que tus papás le dan, y sospecho que tú también le aportas, ¿no? —por su silencio asumió que sí—. No me malinterpretes, no estoy tratando de hacerte sentir mal. Qué bueno que ustedes tuvieran la posibilidad de que sus papás les pagaran los estudios, pero no todos tenemos esa suerte.

—No puedo hablar por mis hermanos, pero yo soy consciente de la suerte que tuve. Me encantaría que la educación no fuera un privilegio en nuestro país, pero desde mi posición, solo puedo asegurarme de que la inversión que hicieron mis padres no haya sido en vano. Tal vez Laura vive en una burbuja ahora, pero después de titularse, tendrá la misma responsabilidad.

Bárbara hizo un gesto de que era justo.

—Seguro tus papitos están muy orgullosos de ustedes.

JP sonrió.

—Cuéntame de tu viaje, ¿algo nuevo en Santiago?

—Hmmm…

—Espera, voy a dejar corriendo el agua de la tina —fue al baño mientras Bárbara pensaba qué decirle.

Cuando JP regresó, ella se explayó sobre la noche que llegó y el almuerzo familiar no omitiendo ningún detalle. Esto mantuvo la conversación por lo que duró la comida.

Sentados en la tina, Bárbara se apresuró a preguntar para no dar cabida al tema de la fiesta:

—¿Qué hiciste el fin de semana?

—Ya sabes lo que hice —contestó besando su cuello.

—¿No saliste ayer?

—No. Tenía una junta con unos compañeros de universidad, pero estaba cansado. Hoy en la mañana acompañé a Laura al cine. Esperábamos almorzar contigo, pero le dije que la resaca no te había permitido cumplir con tu palabra. Hablando de eso —le lamió el oído—, ¿cómo estuvo la fiesta?

Nerviosa, Bárbara abrió los ojos en medio del regocijo que le producían sus caricias.

—Buena, pero nada especial… —escuchó que Laura la llamaba. Iba a responder, pero JP le tapó la boca.

—No digas nada —sintió a su hermana en la habitación y decidió intervenir—: No está, se fue a su departamento.

Estaban riendo cuando Laura entró al baño.

—Seguro la ibas a dejar ir.

—Sal de aquí, pendeja. ¿Sabes lo que es privacidad?

—Recuerda que tienes que comprar los jabones si quieres seguir ocupándolos.

—Hola, Laurita, ¿cómo estás?

—Bien, amiga. ¿Cómo estuvo el viaje?

JP levantó las manos con un ademán de molestia.

—Perdón, estoy acá.

—Eres mi hermano, no hay nada que me interese ver.

—¿Te gustaría que entrara a tu baño cuando estás con alguien?

—Como si fuera posible —se mofó Bárbara—. El pobre tipo no llegaría ni a grado dos con tu hermana…

JP le hundió la cabeza en la tina.

—Sal de aquí, pendeja, mañana hablan.

Laura lo ignoró en tanto Bárbara emergía del agua.

—¿Te vas después a mi dormitorio?

—No —contestó JP.

Esta vez, Bárbara le tapó la boca a él.

—Apenas terminemos de probar tus exquisitos jabones, iré.

—Está bien. Les voy a cerrar la puerta. Traten de no hacer tanto ruido...

JP le tiró la esponja de baño para que no terminara la frase.

Bárbara volteó para tocarlo con deseo.

—Deja de pelear con tu hermana y aprovechemos el tiempo de forma más productiva.

El martes en la tarde, llamaron a Bárbara desde la clínica donde trabajaba JP. Por lo que le anticiparon, se hizo una idea de lo que querían, pero no tendría más detalles del proyecto hasta el viernes. Luego pasó por el bar para conversar con Cristóbal sobre un trabajo que requería un amigo de él.

—Hola, bonita.

—Hola —se sentó con desgana en la barra frente a él.

—¿Pasó algo?

—Nada, son tonteras.

—No pueden ser tonteras si te tienen con ese ánimo.

A Bárbara aún la penaba lo sucedido con Carlos. Sin embargo, Cristóbal no era precisamente la persona más apta para pedirle un consejo. «Aunque tal vez pueda conocer su opinión sin decirle toda la verdad», reflexionó.

—Hay algo que no le he contado a JP.

Cristóbal la miró con suspicacia.

—¿Qué hiciste?

—Nada —para Bárbara hacer algo implicaba intencionalidad y ella ni siquiera recordaba el beso que Carlos le dijo que se habían dado.

—Entonces, ¿de qué se trata?

—Es algo del pasado.

—Si es del pasado, que se quede ahí —simplificó Cristóbal—. Relájate, estoy seguro de que el Pelao no te ha contado toda su vida.

Eso la dejó convenientemente más tranquila.

—Tienes razón. Háblame de tu amigo.

—Va a abrir un *backpacker* y necesita ayuda con la decoración.

El mismo día, en la tarde, Ale se reunía con Carlos en un bar.

—¿Cómo estás?

—Sorprendida por tu llamada.

—¿Por qué? Somos amigos desde hace años.

—Aun así, me sorprendió.

A la espera de lo ordenado, hablaron de sus trabajos y de cómo estos les consumían casi todo el tiempo. También hablaron del sábado y de lo bien que lo pasaron.

—¿No te molestó ver a Bárbara?

—Para nada —le aseguró él—. ¿Has hablado con ella?

—Sí, el domingo me llamó para despedirse.

Por la actitud de Ale, Carlos supuso que Bárbara no le había contado lo sucedido entre ellos.

—De mí también se despidió, quedamos en buenos términos. Hasta hablamos de su nueva pareja.

—¿En serio?

—No es la única mujer en la tierra —justificó ante la reacción de su amiga—.Creo que le dice JP, ¿verdad?

—Sí, pero se llama Juan Pablo. Es traumatólogo infantil.

Carlos asintió.

—Me dijo que trabajaba en una clínica privada

—Por lo que me dijo a mí, también trabaja en el Hospital del Mar.

Carlos hizo un ademán de recordarlo.

—No hablemos más de Bárbara, es más, ni siquiera le digamos que nos vimos. No quiero que haya malentendidos —cambió rápidamente de tema—. ¿Supiste que nos vamos a Brasil con Diego y Pancho?

—Son unos malditos, no me dijeron nada.

—Para el próximo viaje te avisamos.

Ya en su departamento, Carlos entró a la página del Hospital del Mar. Seleccionó traumatología infantil, aparecieron siete nombres.

—Juan Pablo Camus —supuso que era, pues era el único traumatólogo con ese nombre—. Veamos qué días haces de buen samaritano y trabajas para un hospital —se metió a su agenda y vio que la última hora de atención del viernes era a las seis de la tarde.

Durante la semana, Bárbara se dedicó a diseñar la propuesta decorativa para el nuevo *backpacker*. El amigo de Cristóbal se llamaba Luke. Era un neozelandés de treinta y cinco años, excéntrico y millonario. Se había enamorado de Viña del Mar en un viaje realizado hace tres años, como también de las empanadas de pino y de los modismos chilenos. El que más le gustaba, por la cantidad de significados que tenía, era *weón*. Cristóbal se había encargado de explicarle que, en Chile, la palabra *weón* podía tener una connotación amistosa, peyorativa o para referirse a un desconocido. Todo dependía del contexto y la entonación. Casi todos los chilenos que conocía el Kiwi, como le decían a Luke, la utilizaban en un plan amistoso, por lo que el neozelandés la utilizaba de la misma forma. Desde hacía seis meses estaba reestructurando una casona colonial del siglo XIX para transformarla en un *backpacker*. Ahora estaba en el proceso de decoración y Bárbara era la encargada de darle un *look guay* al lugar.

Eran las nueve de la noche del jueves cuando Bárbara vio a JP entrar a su departamento. Por el olor, supuso que traía la cena.

—Hola, doc. ¿Vienes del trabajo?

—Sí, me quedé a una reunión administrativa de la clínica.

—¿Algún problema? —se dirigieron a la cocina.

—Va a haber una reestructuración de horas, quieren disminuir el tiempo de atención por paciente.

—Seguro es porque quieren ayudar a más gente —se burló.

—Prefiero no seguir hablando de la clínica, el tema me tiene un poco agotado. De lo que sí quiero hablar es sobre la transferencia que recibí hoy.

—Te dije que yo me haría cargo de los zapatos nuevos de mi auto. Hoy me pagaron una factura, así que estamos al día.

—Pero si no tenías ninguna deuda conmigo, Bárbara.

—No estoy acostumbrada a ese tipo de regalos —justificó en tanto revisaba el contenido de la bolsa.

JP la miró con resignación, sabía lo obstinada que podía ser.

—Ese gasto no lo tenías presupuestado, ¿estás bien económicamente?

—Me podía mantener antes de conocerte, eso no ha cambiado.

—No seas pesada, cariño. Solo quiero que tengas la confianza de pedirme ayuda si la necesitas.

—Estoy bien, no te preocupes.

JP fue por platos para sacar la comida del envase. Bárbara lo observó sintiéndose injusta por reclamarle. Pensó en lo atento que era con ella. Se sentía protegida y amada por él, y ella quería protegerlo y amarlo de la misma forma.

—¿Por qué me miras así?

—Porque te amo.

8
Es oficial

JP se levantó muy animado, desde anoche Bárbara era oficialmente su novia. La amaba y quería seguir integrándola en su familia. Pensó en invitarla a Puerto Varas, aunque tenía la certeza de que conocería a sus padres para la titulación de su hermana. Se lo había comentado a Bárbara, como también le manifestó su deseo de conocer a su familia. Ella le prometió que arreglaría el encuentro, aunque no tenía ninguna intención de apresurarlo. Por ahora solo quería disfrutar el momento. Atrás quedarían los miedos e inseguridades que la obligaban a no proyectarse con el hombre que amaba.

Durante la tarde, Bárbara fue a presentar las propuestas de imágenes para el *backpacker*, las cuales obtuvieron el ok de Luke para continuar el proyecto. Luego acudió a la reunión de la clínica. De aquí en adelante tenía que recopilar la información y el resto dependía de lo rápido que ella trabajara en la composición de la imagen.

A las seis y cuarto estaba sentada en la sala de espera del hospital, aguardando a que su novio terminara su turno.

—¿Llegaste hace mucho?

—Un poco, pero la espera valió la pena.

—Me siento muy halagado.

Bárbara se acercó a su oído.

—¿Puedo darte un calugazo?

JP sonrió al escuchar el término tan coloquial para referirse a un beso apasionado.

—No es el lugar —le dio un beso y se fueron al ascensor—. Hice una reserva en el restaurante «La Unión». Te va a encantar, es una fusión de comida europea.

—A mí me gusta la comida chilena.

—No comiences con tus pesadeces, cariño. No es siutiquería cuando dije europea, era solo para situar el origen de la comida.

—*Ok, mon chéri.*

Estaban sonriendo mientras bajaban del ascensor, cuando fueron interrumpidos:

—¿Tú eres Juan Pablo Camus?

Bárbara quedó paralizada.

—Así es. ¿Te conozco?

—No, pero tu novia sí.

JP miró extrañado a Bárbara.

—¿Lo conoces?

—Me conoce, pero no creo que quiera presentarme. Me llamo Carlos, soy su exnovio. Aunque en estricto rigor sigo siendo su novio porque nunca terminó conmigo.

Desconfiado, JP no quiso darle crédito al hombre.

—¿Me puedes explicar quién es él?

Pese a la angustia que ella sentía, reaccionó.

—¿Por qué estás haciendo esto, Carlos?

—¿Hacer qué?, ¿contarle a tu novio qué clase de mujer eres?

—¿De qué está hablando, Bárbara?

—Por favor, espérame en el auto.

—¿Apuesto a que no sabes por qué se fue de Santiago?

Bárbara se puso frente a su novio.

—Por favor, yo te lo explico, pero vámonos.

—Prefiero explicárselo yo —intervino Carlos—. Hace siete meses tu novia era mi novia. Mantuvimos una relación de tres años, tiempo que me hizo pensar que lo nuestro iba en serio. Hasta que se me ocurrió pedirle que se fuera a vivir conmigo. Supongo que para ella fue demasiado, porque una semana después me enteré de que se mudó de Santiago sin siquiera despedirse.

JP la miró como a una desconocida.

—¿Es verdad?

—Seguro lo ha hecho otras veces —continuó Carlos—. Ella no se compromete con nadie.

—No es cierto —dijo Bárbara con ímpetu—. Déjame explicarte.

—¿Por qué le creería a una mentirosa o le dijiste con quién te quedaste el sábado en la noche? No respondas, sé perfectamente que no lo hiciste —se dirigió a JP—. Lo sé porque yo estaba a su lado cuando te dijo que se había quedado con Ale.

JP se sintió aturdido.

—De hecho, estaba en mi cama, recién se había vestido —añadió.

—¡Eres un mentiroso!

—¿Estoy diciendo algo falso?

JP se abalanzó sobre Carlos y lo agarró de la solapa. Con la respiración agitada, quiso darle un puñetazo, pero se contuvo al recordar donde estaba.

—Si era todo lo que tenías que decir, lárgate —lo empujó con fuerza hacia el suelo. Con rabia, tristeza y desilusión por la mujer a la que solo anoche le había dado tanto amor, la agarró de los brazos—. ¿Me mentiste?

Bárbara se sintió indefensa ante la pregunta.

—¿Me mentiste o no? —repitió él con dureza.

—Sí, pero...

JP la soltó y se fue a su auto.

Llorando, Bárbara se dirigió a su exnovio:

—¿Por qué lo hiciste, Carlos?

—Porque te fuiste sin pensar en nadie más que en ti, y después de meses te apareciste con novio nuevo —respondió sin señal de remordimiento—. Porque eres una frívola, mentirosa y cruel. Ahora estamos a mano —se marchó sin mirar atrás.

Bárbara corrió hacia la pista de autos y se paró frente al jeep cuando lo vio venir.

JP frenó bruscamente y se apeó enseguida.

—¿Qué diablo pasa contigo?, ¿cómo se te ocurre cruzarte así? —del brazo la movió hacia un pilar que delimitaba un estacionamiento.

—Por favor, déjame explicarte cómo pasaron las cosas.

—No quiero tus explicaciones, quiero que me digas la verdad.

—Él tergiversó las cosas, yo no me acosté con él.

—Eso no te excluye de culpa —sus ojos reflejaban dolor y su tono rabia.

—No fue mi intención quedarme con él.

—Me importa un rábano cuál fue tu intención. Terminaste en la cama de tu ex o actual novio, como quieras llamarlo —al ver que Bárbara desviaba la mirada, le levantó la barbilla—. ¿Te desnudó? —pensar que alguien la había tocado lo irritaba más.

—Estaba borracha…

—¿Te desnudó o no?

Bárbara cedió a todo enfrentamiento.

—Cuando desperté no estaba con mi ropa —le confesó entre lágrimas.

—Supongo que tampoco recuerdas si lo besaste.

—Él dijo que sí.

Aquello lo desmoralizó por completo.

—¿Me ibas a hacer lo mismo cuando todo se volviera más serio?

—No es lo mismo, por favor, créeme.

—Por supuesto que no es lo mismo…

—JP…

—No te quiero volver a ver, Bárbara. Ya no confío en ti y lo que me hiciste fue una deslealtad. Eres una mentirosa que busca entretención, y yo no quiero ser una de ellas —se marchó, dejándola sumida en un llanto desconsolado.

Un par de horas más tarde, Bárbara entró al bar. Cristóbal, al ver el estado en que se encontraba, fue a su encuentro.

—¿Te peleaste con el Pelao?

—No me quiere volver a ver.

Cristóbal dejó de abrazarla para ver su expresión y dar credibilidad a lo que escuchaba.

—Vamos a la oficina.

La condujo a un sillón y le sirvió un vaso de agua.

—Gracias.

—¿Por qué el Pelao no quiere volver a verte?

—¿Recuerdas que te dije que había algo del pasado que le ocultaba a JP?

—Sí —respondió receloso.

—Ese pasado se presentó hoy en el hospital.

Cristóbal frunció el ceño.

—No te sigo.

Bárbara bebió un poco de agua.

—Hace meses me fui de Santiago, pero no fue solo porque quisiera cambiar de ambiente… Mi novio me pidió que nos fuéramos a vivir juntos, pero yo no quise.

—¿Tenías novio?

Bárbara asintió.

—Esa noche discutimos y me fui de su departamento. Fue la última vez que lo vi, porque decidí mudarme a Viña sin decirle a nadie más que a mi familia.

—¿Por qué te fuiste así?

—Creí que era lo mejor. Teníamos el mismo círculo de amistades y con la propuesta todo iba a cambiar. Yo no quería estar en esa situación, Cris. Lo quería mucho, pero ya no estaba enamorada.

—¿Le explicaste esto al Pelao?

—No quiso escucharme.

—¿Por qué no? Es decir, no te daría el premio a la novia del año, pero tenías tus razones. Lo que no entiendo es por qué este tipo apareció después de tantos meses.

Bárbara intensificó el lagrimeo.

—El sábado pasado me lo encontré en una fiesta.

—¿Te metiste con él?

—No —se apresuró a responder—. Ese día terminé muy borracha y él me llevó a su departamento porque mi amiga se fue con otra persona. No sé bien cómo se dieron las cosas, Cris, no me acuerdo de nada. El domingo me desperté en su cama. Mientras me vestía, me explicó lo que había pasado, pero en ese momento llamó JP. Me preguntó dónde estaba y le mentí. Le dije que me había quedado en la casa de mi amiga porque no supe cómo decirle dónde estaba. Por la llamada, Carlos se enteró de que estaba saliendo con otra persona y se enojó. Supongo que por eso hoy fue al hospital y le contó a JP cómo terminamos. Le dijo que era una mentirosa y le mencionó lo del sábado.

—Pero explícale que no pasó nada entre ustedes.

—Lo sabe, pero no tuvo ninguna importancia para él, menos cuando supo que Carlos me desnudó y me besó.

—¿Por qué mierda te desnudó?

—Porque vomité sobre mi ropa.

Cristóbal la abrazó.

—Ya, tranquila... ¿Quieres que hable con el Pelao?

—Me dijo que había sido una desleal y cree que yo le haría lo mismo que le hice a Carlos. Pero no es verdad —se apartó de él—. Si JP me hubiese pedido que viviéramos juntos, yo habría aceptado.

—Pero entiéndelo, bonita.

—Me dijo que ya no confiaba en mí.

—Probablemente estaba enojado y tu historia no ayuda mucho a mejorar la situación. Dale tiempo para que se calme.

—Aunque se calme, siempre me va a mirar con desconfianza.

—El Pelao no es así, Bárbara. Si decide darte una oportunidad, el tema se terminará en ese momento. Hace varios años yo tuve un problema de faldas que lo involucraba a él. Ahora no es el momento de contarlo, pero cuando hablamos me dijo que no quería volver a saber del tema, que prefería mi amistad. Nunca volvió a mencionarlo, ni siquiera cuando apareciste tú. Y yo te tenía muchas ganas —le confesó—. Deja que pasen unos días y puedan hablar más tranquilos.

JP se sintió aliviado de no encontrar a Laura en el departamento. Se sirvió un vaso de whisky y se sentó en el living. Estaba furioso con Bárbara por lo que le había hecho, pero también sentía rabia con él mismo por haberse proyectado con ella. Bebió y cerró los ojos tratando de encontrar un poco de paz. Pero la imagen de Bárbara desnuda en la cama de otro hombre, besándolo como lo besaba a él, era lo único que se le venía a la mente. Se paró y, en un arranque, arrojó el vaso contra la muralla que separaba a la cocina del living. Se fue a su habitación, agarró un bolso y comenzó a guardar todo lo que encontró de ella.

El sábado por la mañana, Laura se levantó al escuchar a JP desde su habitación. Tenía curiosidad por conocer la causa de la muralla manchada y los vidrios que anoche encontró desparramados en el piso. Camino a la cocina se percató de un bolso en la puerta de entrada, aunque fue el desvelado rostro de su hermano lo que más le llamó la atención.

—¿Te vas de viaje?

—No. Necesito que me hagas un favor —señaló el bolso—. Quiero que le lleves esas cosas a tu amiga —inspiró y dejó que el aire saliera lo más rápido posible—. Te lo voy a decir una sola vez y no quiero que comiences a preguntar detalles, porque no los obtendrás de mí. Bárbara y yo terminamos. Sé que es tu amiga y la situación puede ser incómoda para ti, pero no quiero volver a saber de ella. Van a tener que resolver cómo se siguen viendo sin involucrarme. Me voy al gimnasio —le dio un beso en la frente—. No almorzaré acá.

Laura aún estaba procesando la información. Pensó en su amiga, pero no perdió tiempo en llamar por teléfono. Se iría a duchar para ir por respuestas.

Bárbara escuchó la puerta, pero se quedó en la cama. Sus ojos estaban hinchados y tenía un dolor de cabeza espantoso. La puerta siguió sonando al punto de no poder ignorarla. Al abrir, la compasiva cara de Laura le dio una idea de lo fatal que debía lucir su rostro.

—¿Qué pasó, Barb? —bajó el bolso y la abrazó—. Mi hermano me dijo que habían terminado.

Bárbara se había olvidado de Laura y de cómo todo esto afectaría su relación con ella. La hizo pasar y le ofreció un café.

—Él terminó conmigo.

—¿Por qué?

—Porque la cagué. Hice algunas cosas de las que no estoy orgullosa —se secó una lágrima con la manga y comenzó a relatarle la historia…

—Pero, Bárbara, tú misma me dijiste que lo importante es tener toda la información. ¿No crees que es obvio que JP esté enojado contigo?

—Sé que soy una hipócrita, pero ya no puedo hacer nada para cambiarlo. —Laura sintió tristeza al verla así y la abrazó. —Tu hermano no me quiere volver a ver.

—Lo sé. —Bárbara se apartó para mirarla—. Lo siento, amiga, pero me pidió que te trajera tus cosas.

Bárbara se quedó mirando el bolso. Cada parte de su cuerpo se estremeció por ese pequeño pero definitivo detalle de separación.

9

Un nuevo… nuevo comienzo

Pasaron dos semanas desde que JP dio por finalizada su relación, aunque Bárbara se resistía a creerlo. Se atrevió a llamarlo un par de veces, pero él no respondió. Trató de mantenerse ocupada para no dejarse abatir por la tristeza. El trabajo del *backpacker* lo finalizó satisfecha del resultado. El dueño también lo estaba, pues le aseguró que la recomendaría. En cuanto al cuadro de la sala de espera de la clínica, estaba listo para su instalación. Era una imagen cuadrada de cuatro metros de altura, bellamente enmarcada con una madera color verde, que destacaba los detalles del collage de dibujos que los niños habían hecho mientras esperaban su turno de atención. Pensó en enviar a los maestros a concluir el encargo, pero desistió, pues siempre era ella quien entregaba sus trabajos. Finalmente, coordinó la instalación para el jueves, consciente de que JP estaría ahí.

A las ocho de la noche, junto a un maestro, Bárbara inició la instalación. El taladro atrajo las miradas de los médicos que aún no se habían ido, entre ellos JP. Bárbara lo vio salir de su box con una mochila. Se veía ojeroso y no muy amigable. Sintió una presión en el pecho al imaginarse el encuentro. Aguardó a que se acercara a la sala de espera para interceptarlo. Sin embargo, antes de que lo intentara, e ignorándola por completo, él se marchó. Su indiferencia le caló hondo y resistió las ganas de llorar debido a la gente que se había congregado.

JP pasó por «El Rincón» para despejarse. En el departamento notaba que Laura quería hablar sobre Bárbara; no obstante, él no se lo permitía. Cristóbal también había intentado interceder, motivo por el que tomó distancia con su amigo. Pero se rehusaba a seguir evitándolo.

Se sentó en la barra y pidió un whisky.

—Te he llamado toda la semana, Pelao.

—No tenía ganas de hablar con nadie.

—¿Por qué no vamos a mi oficina?

—¿Hoy te toca ser mi amigo o el de ella?

—Me gustaría ser imparcial.

Con una impostada sonrisa, JP bebió whisky.

—Cometió un error, weón —agregó Cristóbal.

—Me encanta tu imparcialidad —pagó el trago y se fue.

Cristóbal lo alcanzó en el estacionamiento.

—Pelao, espera.

—No quiero saber cómo lo está pasando y no me digas lo pobrecita que es, Cristóbal, porque no lo es.

—Estás siendo muy injusto al no escuchar su versión.

—¿Su versión? —repitió con énfasis—. Qué otra versión hay, además de que se fue de Santiago sin haber terminado una relación de tres años, «tres años», weón. Imagina lo que me espera a mí. Además, me mintió sobre dónde durmió la madrugada del domingo, pero lo mejor fue el lugar que escogió: la cama del mismo idiota que abandonó, quien tuvo la excelente idea de desnudarla, besarla y hasta podría haber abusado un poco más si no hubiese tenido algo de integridad. Y adivina qué hizo ella, nada porque estaba borracha.

Cristóbal pensó que la historia se escuchaba peor cuando JP la contaba.

—No voy a justificarla. Yo estaría igual; por eso mismo te digo que hables con ella. Estás tomando decisiones con rabia. Lo del domingo estuvo mal, pero es un error creer que te va a hacer lo mismo que le hizo al pobre imbécil.

—¿Y qué es lo que debo creer?

—Bárbara te ama, Pelao. Lo que hizo no estuvo bien, pero ella ya no quería a ese weón, por lo menos no como novio. Se fue de Santiago porque creyó que era lo mejor.

—¿Es una broma? —preguntó con incredulidad—. ¿Cómo mierda creyó que irse sin decir nada era mejor que terminar como todo el mundo lo hace?

—Convengamos que la forma no fue la apropiada. Pero cagándola se aprende, ¿o no?

JP se apoyó en su jeep con la mirada fija en los autos que pasaban.

—No sé si pueda volver a confiar en ella… Hoy la vi en la clínica. Estaba instalando el cuadro que hizo para la sala de espera.

—¿Hablaron?

—Ni siquiera la miré. Verla solo me provoca rabia en este momento.

—Te haré una pregunta.

—Nadie te ha detenido hasta ahora.

Cristóbal ignoró la pesadez.

—¿Qué te molesta más, que te haya mentido sobre dónde se quedó en Santiago o que se haya arrancado de una relación?

JP se quedó pensando.

—Que me mintiera me tiene enojado, pero que se arrancara de una relación —miró a Cristóbal—, me da mucha desconfianza.

—Ella me dijo que si tú le hubieses pedido que se fueran a vivir juntos, habría aceptado.

A JP le sorprendió en una buena forma lo que escuchaba.

—¿Cuándo hablaste con ella?

—Eso me lo dijo el mismo día que discutieron. Traté de consolarla, pero estaba mal… ¿La vas a llamar?

—No sé.

Bárbara estaba decidida: ya no seguiría lamentándose. La indiferencia con que JP la trató dos días atrás había sido peor que cuando le gritó. Sabía que había actuado mal, pero no podía seguir en ese estado deprimente. El día anterior había hablado con la dueña de la casa para informarle que se iría el lunes. Dedicaría lo que quedaba del sábado y el domingo para empacar y marcharse. Pensó en el tiempo que había pasado en Viña y en las personas que conoció. Y aunque le dolía volver a comenzar, se convenció de que era lo mejor.

Al mediodía del lunes, se reunió con Laura en la playa. La vio sentada en la misma posición que la encontró aquella mañana, llorando por un tipo que no valía la pena.

—¿Cómo estás, Laurita?

—Bien, amiga, ¿y tú?

Bárbara se sentó a su lado sin pronunciar palabra. Con un gesto de lamento, Laura le agarró el brazo y se apoyó en su hombro. Mientras contemplaban el mar, un nudo en la garganta le anunció a Bárbara que esta despedida no sería fácil. Habían sido cómplices y confidentes, y durante su estadía en Viña, ella, JP y Cristóbal se habían transformado en su familia.

Laura levantó la cabeza y la tristeza de su amiga la conmovió. Con los ojos humedecidos, la abrazó con fuerza.

—Me voy, Laurita.

—¿Adónde? —preguntó sorprendida.

—No tengo definido el lugar.

—¿Cuándo?

—Ahora, tengo todo empacado en el auto.

—No te vayas, Barb, acá tienes personas que te quieren.

—Entiéndeme. Esta vez realmente la jodí, pero no puedo ni quiero seguir lamentándome, y si me quedo, es exactamente lo que haré —las lágrimas salieron esta vez sin prisa—. Tú y Cristóbal son mis amigos, pero también eres la hermana de JP y él su mejor amigo. Lo mejor es que me vaya.

—¿No te das cuenta de que estás haciendo lo mismo que hiciste en Santiago?

—No es lo mismo, Laura. Esta vez me voy por razones diametralmente distintas.

—Es lo mismo —insistió—. Te arrancas cuando las cosas no van bien.

—No me estoy arrancando. JP terminó conmigo y me estoy despidiendo de las personas que me importan —argumentó—. Si te puse en una situación complicada con tu hermano, lo siento mucho.

Laura tenía un semblante entre seriedad y disgusto.

—Es un error lo que estás haciendo. Conozco a mi hermano, está dolido, pero se le va a pasar... —su expresión cambió al ver nuevamente la tristeza de su amiga—. Tú también eres importante para mí.

—Te voy a extrañar mucho. Despídeme de Tomás. Me encantó conocerlos.

El bar fue su próxima parada. Cristóbal le hizo un gesto con la mano para que le permitiera terminar de atender a un cliente. Entretanto esperaba sentada en la barra, observó las imágenes que decoraban el salón. Ese había sido el punto de partida que le permitió conocer la desvergonzada y encantadora personalidad de Cristóbal. Sin duda sería una de las personas a quien más extrañaría.

—Pensaba llamarte hoy. ¿Cómo estás?

—Vine a despedirme, Cris. Me voy de Viña.

—¿A despedirte? —repitió desconcertado.

Bárbara asintió.

—Quería darte las gracias por todo. Te voy a extrañar mucho.

—Déjame llamar al Pelao...

—No —le puso la mano sobre el brazo—. Yo tengo mi orgullo y esto no lo estoy haciendo para que JP me detenga. Si él hubiese querido arreglar las cosas, me habría contactado.

—El Pelao tiene sus tiempos, Bárbara. Si no te ha contactado, es porque aún le duele lo que pasó entre ustedes.

—Ya lo decidí, solo quise despedirme.

—¿Crees que por despedirte no estás haciendo lo mismo que hiciste en Santiago? —le reprochó—. No te vayas, Bárbara, esta vez es mejor que te quedes.

—¿A qué? ¿A esperar que JP decida perdonarme? Me equivoqué, pero no me voy a seguir castigando. Él fue claro en decir que no quería volver a verme... Quiero dejar de llorar, Cris, y difícilmente lo voy a conseguir quedándome acá.

Por encima de la barra, Cristóbal le agarró la cabeza para que quedaran apoyados por la frente.

—¿Adónde te vas?

—Aún no lo sé.

—Creo que es un error lo que estás haciendo, pero es tu decisión. ¿Almorzamos juntos?

—Si quiero encontrar alojamiento, me tengo que ir ahora. Es buena temporada para el turismo y eso lo complica un poco.

—Llámame cuando sepas qué harás —ella asintió—. Yo también te voy a extrañar, bonita —le dio un beso en la frente—. ¿No quieres dejarle un mensaje?

Bárbara trató de contener las lágrimas, pero no pudo.

—¿Para qué?

Mientras Cristóbal la veía alejarse, sacó su teléfono y le marcó a su amigo.

—¿Cómo va?

—Hola, Pelao. ¿Estás ocupado?

—Almorzaré algo, pero ¿qué necesitas?

—¿Estás solo?

—Sí, ¿por qué?

—Bárbara acaba de venir al bar a despedirse. Se fue de Viña.

JP se detuvo con una presión en el pecho.

—¿Adónde se fue?

—No sé, weón, no lo tenía definido... ¿Estás ahí?

—Sí, te llamo luego —cortó y paró un taxi sin pensarlo. Le dio su dirección y se quedó en blanco mirando por la ventana.

Al entrar a su departamento, vio a Laura en la cocina con una taza de café. Por su expresión, supo que ya sabía lo de Bárbara. Se apoyó en el marco de la puerta y la miró con los ojos llenos de lágrimas. Ella dejó la taza y caminó hacia él para abrazarlo.

10
Nuevos amigos

Cinco meses pasaron desde la partida de Bárbara. El viaje, que tenía como fin un nuevo comienzo para ella, finalmente se convirtió en una oportunidad para conocer el sur de su país.

Durante el recorrido estableció que estaría un mes en cada región que visitara. Las viñas y playas fueron el envolvente escenario de la Región de O'Higgins, que la sumían en la contradicción de disfrutar el paisaje y el dolor que sentía por no estar junto a JP. La siguiente parada fue la Región del Maule. Hermosos parques nacionales la internaron por senderos que hablaban. El cantar de los pájaros, el rugir acompasado de su naturaleza y el viento que rozaba su rostro a la luz de un benevolente sol le daban la bienvenida y la acompañaban en el trayecto. Los pueblos costeros eran otra delicia de la zona. Los espacios públicos se teñían de coloridas personalidades: niños, adultos y ancianos. Todos parecían convivir de forma pacífica y amigable. La turbulencia de los ríos y la pasividad de las lagunas fueron la tónica en la Región del Biobío. El espejismo de su maravilloso paisaje era una doble recompensa para quien estaba acostumbrada a las ciudades. Se sentaba por horas a pensar y llorar por lo que había perdido, consciente de que luego tendría que pararse y seguir avanzando.

El cuarto mes fue algo distinto. Recorriendo la Araucanía conoció a tres hombres que viajaban en moto. Eran amigos de toda la vida. Le contaron que en su época de universidad decidieron que al cumplir treinta y tres años se tomarían un año sabático para recorrer Chile. Bárbara había preguntado por qué a esa edad, y uno de ellos le respondió que habían leído un artículo que indicaba que los hombres alcanzaban su plenitud sexual a los treinta y tres, y querían vivir esa etapa solteros, recorriendo su país en moto. Rieron al recordar la razón: solo había sido una excusa para escoger la edad de su osado proyecto.

Los tres tenían la misma moto: una Kawasaki KLR 650. Le recitaron una cantidad enorme de datos técnicos, pero Bárbara solo recordaba que era una motocicleta con la que podían hacer grandes trayectos. Los vio por primera vez en el Parque Nacional Conguillío. Unos turistas de la pensión donde se alojaba Bárbara le comentaron que el paisaje era precioso junto al volcán Llaima de fondo. Ella había disfrutado del *trekking* y se había tomado su tiempo para captar el paisaje. De regreso vio a tres hombres de mediana estatura que caminaban en posición contraria a ella. Le pidieron agua, lo cual le causó gracia, pues recién estaban comenzando la caminata. El de singular ojos rasgados, Sebastián, se entretuvo contándole su historia. Los otros dos se llamaban Andrés y Raúl. Sebastián parecía el amistoso, Andrés era el que llevaba el itinerario del viaje y Raúl decía tener un año para hacer lo que le viniera en gana, por lo que su misión era no estresarse.

La segunda vez se los encontró en el lago Caburgua. Bárbara estaba fotografiando el atardecer cuando Sebastián la divisó.

—A esto le deben llamar *la magia del sur*.

Bárbara sonrió al verlo.

—Sí, es muy bello.

—No niego que el paisaje es espectacular, pero yo no me refería a eso.

—¿No? —dijo extrañada.

—No. Me refería a encontrarte por segunda vez en menos de una semana.

Bárbara volvió a sonreír.

—¿Dónde están tus amigos?

—Fueron a comprar algo para comer. ¿Hacia dónde vas?

Bárbara se encogió de brazos.

—No tengo un itinerario como ustedes. Lo que sí, trato de quedarme solo un mes en cada región para seguir avanzando.

—¿Cuándo partiste tu viaje?

—Hace poco más de tres meses, lo hice desde Viña.

—¿Eres de ahí?

—No, soy de Santiago.

Sebastián notó el cambio en su semblante.

—¿Estás bien?

Bárbara asintió y continuaron observando el atardecer mientras conversaban de sus vidas. Ella se enteró de que Sebastián era ingeniero en informática, oriundo de Santiago y le remarcó que era soltero. También le comentó detalles de su viaje y los lugares que habían conocido. Cuando llegaron sus amigos, compartieron empanadas y cervezas, y se quedaron lo que duró la luz del atardecer.

Estaba terminando la tercera semana de marzo, lo cual le indicaba a Bárbara que pronto se iría de la región. Pero aún le quedaban atractivos turísticos por conocer, entre ellos, el Parque Nacional Villarrica.

Era media mañana cuando comenzó la caminata por el parque de la CONAF, ubicado en los faldeos del volcán Villarrica. En la mitad del trayecto, reconoció a los tres amigos unos metros adelante.

Al verla, Sebastián elevó los brazos al cielo, imitando a un fanático religioso que agradece por el nuevo día.

—Sabía que te volvería a ver. Les dije, ¿verdad?

—Nos tiene aburridos con su devoción por tus labios —le reveló Andrés—. Quiere saber si lo dejarías besarte —comenzó a correr cuando Sebastián trató de alcanzarlo para hacerlo pagar por su indiscreción.

Bárbara sonrió entretanto Raúl le ofrecía chocolate.

—Gracias. ¿Cómo lo haces para ser tan relajado con ellos?

—Me convenzo de que es una necesidad —respondió con gracia—. A veces quieren sacarse los ojos, pero nos llevamos bien. —Miró a Bárbara, luego continuó observando el volcán—. Sebastián nos preguntó si podríamos incluirte en el viaje. Estaba seguro de que te volveríamos a ver —le chocó el hombro en un gesto de compañerismo—. ¿Te gustaría?

A Bárbara le extrañó la proposición. La verdad es que no se había planteado la posibilidad de viajar con otras personas.

—Tienen un itinerario, ¿no?

—Nos sirve como guía, pero tampoco es tan rígido. Mira, Andrés está un poco reacio a la idea, pero va a ceder. Deja que Sebastián te lo proponga y decides. Fue su idea después de todo.

—Está bien. Gracias por decírmelo.

Durante la caminata, Sebastián quedó a solas con Bárbara.

—¿Y? ¿Me dejarías?

—¿A qué te refieres?

—¿Me dejarías besarte?

Ella bajó su triste mirada, recordó a Cristóbal cuando le hizo una pregunta parecida.

—No estoy pasando por un buen momento en ese ámbito.

Sebastián hizo un gesto de comprensión.

—¿Quieres contarme?

—Tal vez otro día. Quién sabe si nos seguimos encontrando.

—Hablando de eso, si quieres puedes unirte a nosotros —le propuso—. Le pregunté al resto y no hay problema. Es sin compromiso, cuando quieras puedes retomar tu camino.

—Déjame pensarlo. Muchas gracias por el ofrecimiento.

Durante la tarde, Bárbara analizó la propuesta de unirse a ellos. Llevaba casi cuatro meses viajando sola, pero necesitaba un cambio de rutina, pues la soledad la sumía en el angustiante recuerdo de JP. Si lograba mantener a raya a Sebastián con sus insinuaciones, viajar junto a ellos no sería mala idea. Aún tenía la noche para evaluarlo con detención, pues le anunciaron que mañana partirían al lago Calafquén.

Bárbara decidió unírseles. Se levantó temprano para alcanzarlos y emprender juntos el próximo recorrido. Llegó cuando estaban cargando sus bolsos en las motos.

—Creí que no los alcanzaba. ¿Cómo están?

—Ahora mejor —Sebastián se acercó para saludarla, los demás le siguieron—. ¿Qué decidiste?

—Acepto viajar con ustedes, pero si todos están de acuerdo.

Por las miradas, Andrés comprendió que era una indirecta para él.

—¿Por qué crees que no estoy de acuerdo?

—Porque no hay que ser un genio para saber que eres el gruñón del grupo —se anticipó a responder Raúl y le guiñó el ojo a Bárbara.

—Mientras no nos retrases, por mí está bien —resolvió Andrés para salir del paso.

—No los retrasaré. De hecho, quería saber si me podían enseñar a usar una moto en sus tiempos libres.

—Me ofrezco encantado —se apuntó Sebastián.

—¿Qué harás con tu auto? —preguntó Andrés—. Y necesitas licencia clase C para conducir una moto.

—El auto puedo venderlo, hace rato que quería cambiarlo de cualquier forma. Respecto a la licencia, por ahora puedo conducir sin ella. Tengo la B, tampoco es que no tenga los conocimientos básicos de las leyes del tránsito —expuso—. No se preocupen, cualquier problema lo asumo.

—También es más peligrosa —advirtió Raúl.

—¡Puta qué están positivos, weón! —reclamó Sebastián—. Si quieres intentarlo, yo feliz te enseño. Pero debes saber que no es más cómodo que un auto, aunque la sensación te va a encantar.

—Eso espero. Bien, ustedes me dicen a dónde vamos.

El itinerario de los amigos tenía como próximo destino Licanray. Un pueblo que se ubica en la ribera norte del lago Calafquén, conocido por su balneario y su pesca deportiva.

Habían encontrado el lugar perfecto para acampar a pasos del lago y hacer una fogata bajo una noche sin amenaza de lluvia, extraño en esa época del año.

Bárbara estaba armando su carpa, con ayuda de Sebastián, cuando sonó su teléfono.

—Dame un minuto, Seba —se apartó para responder—. Hola, Cris, ¿cómo estás?

—Hola, bonita. Con una resaca del terror y con frío. ¿Qué hay de ti? Hace días que no hablamos.

—Te tengo novedades. Estoy viajando con unas personas…

Con Cristóbal y Laura mantenía contacto seguido, aunque evitaba hablar con ellos sobre JP. Por su amigo sabía que su exnovio tampoco quería tener noticias de ella y solicitó que no le dieran información sobre él. Aunque Cristóbal poco le hacía caso.

Tras ponerse al día, ella le preguntó:

—¿A qué debo esta sorpresa?

—¿Necesito un motivo para llamar a una amiga?

—No, pero generalmente tú lo tienes.

—¡Qué wcón más prcdcciblc! —admitió con burla—. Tc llamo para saber dónde estarás en mayo. Tal vez tenga unos días libres.

—¿En serio? —dijo entusiasmada por la noticia—. En mayo quiero visitar la Región de Los Lagos.

—Mejor aún, porque mi plan es visitar a mis tíos en Puerto Varas.

—¡Genial! Avísame y nos juntamos.

—Dalo por hecho.

—¿Cómo están todos por allá?

—Si quieres preguntar por el Pelao, hazlo, yo no le voy a decir.

—Me refería a Laura. No he hablado mucho con ella.

—La he visto seguido por acá con sus amigas. Se le ve bien, aunque trabajar en el área comercial de una financiera tampoco la tiene saltando en una pata. En cuanto al Pelao, y lo menciono como cosa mía, pronto estará de cumpleaños.

—¿Lo celebrarán en el bar?

—No lo veo con ánimo de celebrar.

Bárbara prefirió cambiar el tema, de otra forma, terminaría llorando como Magdalena.

—¿Ya conociste algunos labios merecedores de tu atención?

—Varios, pero ninguno como los tuyos, así que no te pongas celosa.

—Mientras no me seas infiel de pensamiento, puedes hacer lo que quieras con tu cuerpo.

—Soy completamente devoto a ti.

Escuchó que la llamaban.

—Me tengo que ir, pero avísame cuando estés en Puerto Varas.

—Así lo haré.

Durante abril recorrieron parte de la Región de Los Ríos. A veces se separaban, dado que ellos tenían trazados algunos destinos que Bárbara no podía costear. Juntos conocieron Valdivia, Corral, Panguipulli, Futrono y lago Ranco. Fue en esta última localidad donde Sebastián reforzó lo enseñado a Bárbara, pero esta vez en una Honda CBR 250R. Por sugerencia de sus amigos, se la había comprado con parte del dinero que obtuvo de la venta de su auto. El resto lo había guardado para emergencias. Si no encontraba un empleo temporal luego, esa emergencia se daría muy pronto, pues sus ahorros se habían reducido drásticamente.

Su mayor complicación, durante el aprendizaje, fue perder el miedo a acelerar. Tras años manejando un auto, sentía que algo le faltaba. Pero Sebastián la alentaba como quien alienta a un niño cuando está aprendiendo a montar bicicleta. Era un golpe de adrenalina cuando lo escuchaba decir: *Acelera, no te va a pasar nada.* Y ella le hacía caso y aceleraba cada vez más. La sensación de libertad era increíble y la disfrutó cometiendo errores, evidentemente, pero su perseverante espíritu aventurero le había dado la razón a Sebastián: manejar una moto le había encantado.

11
¡Sorpresa!

El mes de mayo inició con la despedida de sus amigos. Sebastián fue el más triste por la partida de Bárbara. Se había acostumbrado a su humor y a sus momentos de tristeza. Intentó besarla en un par de ocasiones, pero ella lo rechazó. Solo una vez él le preguntó quién era la persona que la tenía así de mal. Los ojos de Bárbara se habían llenado de lágrimas. La abrazó y no se atrevió a preguntar de nuevo.

Un día antes de que Bárbara se fuera, Sebastián les comunicó a sus amigos que la acompañaría hasta Puerto Varas para asegurarse de que llegara bien. Andrés recibió la noticia no de muy buen talante, pues consideraba que su amigo se había alejado un poco debido a Bárbara. No obstante, se limitó a recordarle que tenían una cabaña reservada desde hace meses en Puerto Tranquilo, lugar donde acordaron celebrar el año de aventuras que casi terminaba.

El viernes, a mediodía, se despidieron a la altura de Corte Alto. Andrés y Raúl siguieron su ruta, y Sebastián y Bárbara hicieron lo propio hasta Puerto Varas.

Bárbara reconoció que era uno de los lugares más bellos que había visto. La localidad se veía majestuosa con el imponente lago Llanquihue, desde donde era posible ver los volcanes Calbuco y Osorno. Los colores, producto de las lluvias que se dan casi todo el año, y su arquitectura de estilo alemán le daban el aspecto de ciudad europea, pero con el inigualable toque chileno: su gente. Estacionaron cerca de la costanera para comer antes de que Sebastián se reuniera nuevamente con Andrés y Raúl.

—¿Te puedo hacer una pregunta?

—Por supuesto —respondió Bárbara.

—¿La persona con la que te encontrarás es por quién estás triste?

Bárbara miró meditativamente el lago.

—Es un amigo a quien extraño mucho, pero no, no es él. —Sebastián asintió y Bárbara supo que no preguntaría más—. Me hubiese encantado conocerte en otra época, Seba —le tomó la mano—, una que me permitiera verte como algo más que el excelente amigo que has sido.

—A mí también me hubiese gustado, pero parece que llegué tarde.

Bárbara recordó a JP y se le hizo un nudo en el estómago. Estos eran los paisajes en los que él había crecido y habría dado cualquier cosa por recorrerlos en su compañía.

—Su nombre es Juan Pablo, lo conocí en Viña del Mar hace un año —comenzó a contarle en tono pausado—. Es el hermano de una amiga a quien quiero mucho. Las cosas se fueron dando y estuvimos saliendo por unos meses. La persona con quien me reuniré se llama Cristóbal. Es su mejor amigo, aunque también lo considero un buen amigo mío. Hace unos meses, JP terminó conmigo porque le mentí. Mis cercanos eran su familia, así que decidí irme. —Sebastián la miró de una forma que a ella no le gustó—. No quiero tu compasión, Seba. Si estoy así es porque tomé malas decisiones. No soy una víctima, pero eso no significa que no me duela no estar con él —los ojos se le humedecieron y Sebastián le acarició la mejilla—. Lo extraño mucho… —el rostro de Bárbara se congeló cuando su esperado amigo se paró junto a la mesa con Laura, Camila, una mujer que no conocía y JP, quien mostraba una fría expresión. Llevaba el pelo más corto de lo usual, una barba de un par de días y vestía ropa *outdoor*.

Cristóbal lamentó la desafortunada situación; sin embargo, alguien tenía que romper el silencio.

—¡Qué sorpresa! —notó la confusión en Bárbara—. Después te explico —le susurró al abrazarla.

Laura también la saludó con cariño y Camila lo hizo, pero desde una posición más cauta. JP no le apartó la mirada mientras la desconocida trataba de que alguien se acordara de su existencia. Como no coincidió con la mirada de ninguno, ella misma se presentó.

—Hola, soy Carolina.

Bárbara nunca la había visto. Era delgada y de su misma estatura. Por sus facciones y estilo supuso que se trataba de una amiga de JP, todas se parecían mucho.

—Hola —respondió y presentó a su amigo.

Sebastián fue saludando hasta estrechar la mano de JP. El fuerte apretón que sintió le dio una idea de quién se trataba.

—Me tengo que ir, pero llámame si necesitas algo o tienes algún problema con la moto.

—Gracias, Seba —se despidieron y él se marchó. Nerviosa, miró de soslayo a Cristóbal—. ¿Qué los trae por acá?

—Vinimos a celebrar el aniversario de mis papás —contestó Laura— y a JP por su cumpleaños —agregó dubitativa.

Bárbara asintió lo más natural posible, aunque quería darle un puñetazo a Cristóbal. Recordó que habían hablado sobre el cumpleaños de JP, pero nunca le mencionó la posibilidad de celebrarlo acá.

—¡Qué bueno! —le hizo un gesto a Cristóbal—. Me tengo que ir —comenzó a despedirse. Cuando quiso hacerlo de JP, él no se lo permitió.

Laura y Camila cruzaron una mirada de desconcierto al ver la escena, Carolina quedó boquiabierta y Cristóbal le dirigió una mirada de reproche a su amigo.

Avergonzada, Bárbara fue por su bolso.

—Voy a dejarla a su auto… o moto —corrigió Cristóbal—. ¿Dónde los encuentro?

—Reservé en «La Casona» —le avisó Camila.

Bárbara caminaba a zancadas por delante de Cristóbal para manifestarle su enojo.

—¿Por qué no me dijiste la verdad de tu visita?

—Pensé que no ibas a venir si lo sabías.

—¡Qué agudeza la tuya, Cristóbal! ¿Qué te dio esa impresión? Estoy segura de que fue el hecho de que me fui de Viña justamente para no ponerme en la situación en la que acabo de estar. Ahora sé que no le soy indiferente a tu amigo. ¿Sabes cómo lo sé? Porque no es difícil sentir su odio.

—No te odia, Bárbara —la hizo parar—. No llores, por favor. El Pelao no lo ha pasado bien. Sé que fue descortés, pero las cosas no van a cambiar si uno de los dos no cede. Y, humildemente, creo que el primer paso deberías darlo tú.

—Él tomó una decisión, Cristóbal, y yo la asumí.

—No te desanimes por este encontrón. Las cosas no se dieron como Laura y yo queríamos, porque ella me ayudó en esto —aprovechó de señalar—. Mira, bonita, cuando te fuiste el Pelao quedó mal. Pero estamos en un gran porcentaje convencidos de que aún te quiere. Aunque tu escenita con el amigo no ayudó a que esté más receptivo a verte.

—Cristóbal, sé que él es importante para ustedes…

—Tú también eres importante y me acabas de confirmar, por esas lágrimas, que tampoco lo has pasado bien.

—Me acaba de menospreciar un saludo, no sé de dónde sacaron que aún me quiere.

—Entiéndelo, Bárbara. Después de meses sin saber de ti, ¿qué es lo primero que ve? A un tipo acariciándote. ¿Cómo quieres que te reciba?

—No me estaba acariciando… —tuvo la intención de decirle que estaban hablando de JP, pero desistió—. Mejor me voy.

Al llegar a su moto, quitó el candado metálico que sostenía su casco mientras Cristóbal observaba la adquisición.

—¿Desde cuándo conduces una moto?

—Me la compré hace poco. Sebastián me enseñó a manejarla.

—Te ves ruda, me gusta. Al que no le va a hacer gracia es a tu ex.

—Algo más que tengo en común con la moto.

—Bárbara —Cristóbal se apoyó en la moto—, ¿quieres estar con el Pelao o no? Porque si es así, debes comenzar por recuperar su confianza. Eso, mi amiga, quiere decir que no hagas lo que él cree que harás. ¡Juégatela! Laura y yo te vamos a ayudar. No he hablado con Tomás, pero seguro nos apoya. Y Camila te tiene fe, aunque prefiere no meterse.

—¿Para qué me la voy a jugar si él no tiene ninguna intención de perdonarme?

—Tampoco lo has intentado —rebatió—. Ahora podrías comenzar no arrancando de nuevo.

—No me arranqué.

—Sí lo hiciste —reafirmó y prosiguió con premura—: Te voy a ser sincero, bonita. No creo que el Pelao te la haga fácil, lo que significa que vas a tener que soportar una que otra pesadez de su parte si decides jugártela. Pero confío en que vas a saber responderle.

Bárbara estaba reconsiderando intentarlo, mas no estaba convencida.

—¿Y si ya no quiere estar conmigo?

—Quien no se arriesga no cruza el río. Yo estoy dispuesto a ayudarte, pero la que tiene que estar preparada a cruzarlo eres tú.

—…

—¿Tienes alguna idea?

—El próximo sábado sus papás van a celebrar cuarenta años de matrimonio. Luego se van todos los Camus por dos semanas a Europa. O sea, tienes una semana para acercarte a él.

—¿Cómo pretendes que me acerque a él? —preguntó ceñuda—. ¿Quieres que toque el timbre de su casa y me presente ante su familia como la exnovia a quien su hijo odia?

—No creo que eso vaya a funcionar —respondió irónico.

—Esto es una pésima idea.

—Irte fue una pésima idea y ni siquiera te ayudó a pasar la página. No has querido preguntarme por el Pelao, porque te empecinas en creer que así lo vas a olvidar. Estoy seguro de que él piensa lo mismo.

—¿Por qué te tomas tantas molestias? Sé que quieres mucho a JP, pero tarde o temprano me va a olvidar.

—Pero aún no pasa. Además, tú andabas por acá y él tenía que venir por el aniversario de sus papás. No costaba nada hacer algo para que se volvieran a ver. ¿Por qué me tomo tantas molestias? Porque el Pelao es mi mejor amigo y el tiempo que estuvo a tu lado fue cuando lo vi más feliz en una relación.

—¿En serio?

—¿Te he mentido alguna vez?

Bárbara negó con la cabeza.

—No le des más vuelta —agregó Cristóbal—. Si en una semana no logras que te perdone, entonces yo mismo te ayudo a que lo olvides —le tiró un beso que logró hacerla sonreír.

Bárbara tenía sus reparos; la mayoría apuntaba a su orgullo, pero Cristóbal tenía razón, ¿qué más podía perder?

—Está bien. Pero tengo que encontrar un trabajo porque me quedan pocos ahorros.

—Ahí se nos complica el panorama, porque en esta época no hay mucho movimiento en esta zona y ni hablar de la decoración como opción.

—Lo sé, pero no puedo quedarme acá sin un trabajo.

—¿Qué sabes hacer?

—Trabajé por un par de semanas en un bar, pero no tuve mucha práctica porque siempre pedían lo mismo.

—¿Fuiste *barwoman*?

—Supongo. Aunque podría trabajar de mesera o cualquier cosa que me ayude a ahorrar.

—Tengo el lugar indicado y podrás acercarte al Pelao sin esfuerzo —sacó su teléfono y marcó un número—. Hoy mismo vas a tener un trabajo —le prometió a la espera de conectar la llamada.

Mientras Cristóbal hablaba por teléfono, Bárbara recordó el desairé de JP. No tenía idea cómo acercarse a él después de tamaña indiferencia.

—Todo listo. Hoy debes presentarte a las seis de la tarde en el bar «El Rincón». Te mando la dirección por WhatsApp.

—¿Tienes un bar acá también?

—No, este es de mi primo y un amigo —a quien Bárbara conocía muy bien, pues era JP—. Le pusimos el mismo nombre para potenciarnos con los turistas.

—¿Cómo se supone que voy a acercarme a JP trabajando ahí?

—Porque ese es el lugar donde hoy celebraremos su cumpleaños.

A Bárbara se le apretó el estómago con la noticia.

—Está bien, ahí estaré.

—¡Ese es el espíritu! Se va a sorprender cuando vea que no te fuiste.

—Iré a buscar una pensión, te veo en el bar. Una pregunta: ¿quién es Carolina?

—Es una amiga del Pelao, se nos coló a última hora. Quiere algo con él, pero el Pelao no le da bola. Haz como que no existe.

—Si no le da bola, ¿por qué dejó que viniera?

—Porque es hostigosa, pero olvídala. Solo viene por el fin de semana largo. Ponte algo provocativo hoy, algo que lo impresione cuando te vea.

—Dijiste que se va a sorprender cuando vea que no me fui, con eso debería ser suficiente. Te veo más tarde.

Cuando Cristóbal llegó a la mesa, JP, en un tono poco amistoso, le dijo que quería hablar con él.

—¿Qué pasa, Pelao? Tengo hambre.

—Te tomaste tu tiempo para despedirla, así que no creo que tengas tanta hambre.

—¿Qué rollos te estás pasando, weón?

—Ningún rollo, idiota. Quiero saber ¿cómo nos encontramos con ella justo el día en que llegamos?

—Por casualidad, lo prometo —adoptó una expresión de seriedad para que le creyera—. Respecto a que esté acá, si me dejaras hablarte de ella, sabrías que desde que se fue de Viña, ha estado recorriendo el sur de Chile. Entiendo que se queda un mes en cada región. ¿Adivina qué región le tocaba en mayo?

—La Región de Los Lagos es grande, Cristóbal.

—Puede ser que yo le haya sugerido que visitara Puerto Varas. Tú sabes lo lindo que es, te criaste acá y yo tengo a mis tíos, mi primo…

—¡Ya para, weón! —lo interrumpió irritado—. ¿Se fue?

—No me dijo lo que haría.

—Seguro ya se fue, es lo que mejor sabe hacer —aseveró—. ¿Qué es eso de la moto?

—Se compró una hace poco y debo reconocer que le pega.

—Eso es justamente lo que va a conseguir si no logra mantenerse arriba de ella —regresó a la mesa mascullando—: Pero a mí qué mierda me importa.

Luego del almuerzo, JP quiso estar solo, por lo que anunció que regresaría en taxi a su casa. Carolina insistió en acompañarlo, pero Camila comprendió que su amigo necesitaba tiempo para asimilar lo que significó volver a ver a Bárbara. Le propuso visitar una exclusiva feria de tejidos artesanales, invitación que Carolina aceptó de mala gana. A pesar de la tristeza de JP, Cristóbal y Laura estaban convencidos de que estaban haciendo lo correcto al propiciar un nuevo encuentro entre ellos, así que lo dejaron ir.

En los últimos meses, JP había tenido el apoyo de sus hermanos y su mejor amigo de forma incondicional. Lo animaban para que no se dejara abatir por la ausencia de la mujer que, pese al corto tiempo que había compartido con ella, había amado más que a ninguna otra. Laura se había sentido enojada con Bárbara luego de ver a su hermano tan mal por su partida. Pero JP le hizo ver que lo ocurrido no tenía por qué afectar su amistad. Cristóbal nunca se sintió dudoso de seguir manteniendo contacto con Bárbara, lo cual no le había molestado a JP, pero sí le exigió que no le dijera nada sobre ella.

Mientras caminaba por la orilla del lago, recordó lo rápido que todo terminó. No tuvo tiempo de asimilar la felicidad que sintió cuando ella le dijo que lo amaba por primera vez. Todo había quedado en nada al siguiente día, al enterarse de su deslealtad y de la razón por la que se fue de Santiago. Desde entonces, la desconfianza que sentía de permitirle regresar a su vida batallaba con el enorme deseo de volver a verla. Pero Bárbara acabó con cualquier posibilidad de reconciliación cuando Cristóbal le informó que se había ido. Fue entonces que las palabras de Carlos cobraron importancia: «Seguro lo ha hecho otras veces».

Los meses pasaron y, aunque las noches seguían otorgándole la oportunidad de extrañarla, también le permitían aumentar su rabia cuando recordaba cómo habían terminado. Esto logró equilibrar en algo su estado de tristeza. Había accedido a unas cuantas citas para comprobar que su recuerdo se hacía cada vez más débil. Sin embargo, eran esas instancias las que precisamente le recordaban lo que ya no tenía. Su ironía, ridiculez, simpleza y esa ternura oculta volvían a él de forma lacerante.

Fue una sorpresa encontrarla en su ciudad natal donde tantas veces pensó en venir con ella. Lucía pálida y triste, aunque igual de hermosa como la recordaba. Contra su voluntad había sentido ganas de abrazarla, pero la sensación no demoró en desvanecerse cuando vio que el hombre junto a ella le acariciaba el rostro. De la sorpresa había pasado a la irritación, pues sus celos le confirmaron que Bárbara le seguía importando. Sin embargo, a pesar de sus sentimientos, estaba decidido a mantenerla en el pasado.

El bar «El Rincón» quedaba de cara al lago Llanquihue y cada detalle en su interior le daba un aspecto íntimo y acogedor. La barra de madera estaba situada al costado derecho de la entrada principal, de la misma forma que en el bar de Cristóbal, pero esta destacaba por lo imperfecto de sus terminaciones. La vitrina a lo largo de la barra estaba iluminada por focos que realzaban la tonalidad de los líquidos de las botellas de alcohol. Todas las mesas en el salón tenían un orificio en la parte central donde se depositaban las cáscaras de maní que se disponían para los clientes. Pero era la decoración, maletas *vintage* en la zona del bar, una trompeta rodeada por discos de jazz en el sector del karaoke y la hilera de afiches de publicidad de los 90 distribuidos por el salón, la que concedía al lugar un aspecto fuera de serie.

Aunque Bárbara no se había vestido provocativamente, sí se puso ropa ajustada. Escogió una polera blanca, jeans y botines negros. Se alisó el pelo, lo cual ayudó a destacar su perfil, y se maquilló suavemente.

Ya instruida sobre sus labores, se dedicó a ensayar los tragos que aprendió durante su viaje. Cerca de las once ya era una maestra en el arte de manejar las botellas. No hacía piruetas, pero la rapidez con que preparaba las combinaciones era todo un *show* para sus clientes. Esto le hizo olvidar que JP vendría.

Al bar entraron los mismos que había visto en la tarde, pero se sumaba un hombre que traía de la mano a Camila, presumiblemente su esposo; otro hombre al que no conocía; una pareja que tampoco había visto antes, y Tomás. Cuando vieron a Pedro, todos lo saludaron con cariño. «Maldito Cristóbal», pensó Bárbara al recordar que eran amigos de toda la vida. Quiso aislarse en un extremo de la barra, pero ya era tarde, Pedro la estaba anunciando.

—Quiero presentarles a la nueva *barwoman* del bar. Bárbara, ven a conocer a mis mejores clientes.

Inspiró profundamente y se acercó a la parte central de la barra. Al llegar junto a Pedro, les sonrió a Laura y a Tomás. A su exnovio ni siquiera lo miró.

JP habría apostado lo que fuera a que ya no la vería más. Pero ahí estaba, destacando con la naturalidad que le otorgaban sus atributos. Se molestó por desear cada parte de ella.

—La mayoría de nosotros la conoce, primo. Pero debo decir que el bar luce mejor con ella en la barra.

—No podría estar más de acuerdo.

JP se hizo el desentendido cuando su amigo lo miró. No quería que Bárbara supiera su conexión con el bar.

Mientras Bárbara atendía a Tomás y Laura, Cristóbal traspasó la barra y comenzó a ayudar. Una vez desocupada, buscó a quién más atender. Solo quedaba JP y su acompañante.

—¿Qué vas a beber? —le preguntó a Carolina.

—¿Qué sabes hacer? —replicó ella altanera.

Carolina se había enterado por Camila que Bárbara era la exnovia de JP, algo que no fue de su agrado.

—Si me dices qué quieres, te puedo decir si lo sé hacer.

—Carolina, yo te atiendo —intervino Cristóbal al escuchar el tono de la conversación—. Bárbara, atiende al Pelao.

JP y Bárbara cruzaron miradas por unos segundos que parecieron una eternidad.

—Feliz cumpleaños…

—Dame un whisky seco, por favor —la interrumpió.

Disimulando la pena que le causaba su frialdad, Bárbara fue por la botella. Cuando le estaba sirviendo, se acercó uno de los hombres que había llegado con el grupo.

—Hola, guapa —le pasó un brazo por el hombro a JP—. Yo no he tenido el placer de conocerte. Si el Pelao me hiciera el honor de presentarnos, podría tachar de mi lista una de las tantas cosas que tengo pensado hacer esta noche.

Con una expresión de enfado, JP miró de soslayo a su amigo.

—Bárbara, te presento a Claudio, un amigo. Ella es Bárbara, mi exnovia.

Claudio torció la boca, se disculpó con JP y se marchó.

—Tu whisky —Bárbara lo dejó sobre la barra, pero lo retuvo con la mano y en voz baja le preguntó—: ¿Y cómo presentamos a tu amiga?, ¿cómo la nueva novia?

JP se inclinó hacia ella, le agarró la muñeca para apartarla del vaso y le respondió en el mismo tono:

—Limítate a servir los tragos y sonreír. Te queda bien el papel —se fue de la barra con una complacida Carolina.

Cristóbal, que estaba a unos metros, vio la escena y se aproximó a su amiga.

—¿Estás bien?

—Sí, no te preocupes. Yo lo veo como un avance, por lo menos me habló.

Con el pasar de las horas, el grupo que celebraba a JP se fue agrandando, pues cada lugareño que entraba parecía conocer a los Camus. Algunos se acercaban con timidez, pero JP los hacía sentir como amigos de toda la vida. Bárbara se sintió desdichada por no estar a su lado y enrabiada porque, en cambio, estaba junto a una oportunista que no dejaba de observarla.

—Así que tú eres la exnovia de JP —le preguntó Carolina.

—¿Qué vas a querer?

—¿De ti? Absolutamente nada.

—Entonces deja de estorbar y retírate.

—¡Qué grosera eres! No sé cómo JP pudo andar con una mesera.

La expresión de Bárbara se tornó agresiva. Agarró la manguera de soda y le lanzó un chorro en la cara, momento en que Carolina comenzó a gritar, atrayendo las miradas.

Cristóbal fue corriendo hacia su amiga para quitarle la manguera.

—¿Qué tal si tomamos un descanso?

Bárbara se fue al extremo de la barra y dejó caer la puertita para salir con firmeza. Pasó por al lado de Carolina, que lloraba abrazada a JP. Él le hizo un gesto de reproche a lo que Bárbara respondió con un desprecio. Todos miraban a la *barwoman*, pero ella, sin intimidarse, abandonó el salón sin prisa en compañía de su amigo.

Una vez afuera, se sacudió para que Cristóbal la soltara.

—¡Ya, tranquila! —dijo él levantando las manos. Prendió un cigarro y se apoyó en la pared.

—¿Me das uno?

—¿Fumas?

—Lo había dejado, pero me parece un buen momento para retomarlo.

Cristóbal le dio uno y se lo encendió.

—¿Por qué le tiraste soda en la cara?

Bárbara sintió un mareo después de la primera bocanada.

—Porque es una tarada. Quiso hacerme sentir inferior a ella y eso no se lo permito a nadie.

Cristóbal asintió, se miraron y rieron cuando recordaron la cara de la mujer al recibir la soda.

JP los vio reír y se acercó enfurecido.

—¿Me pueden compartir el chiste? —le arrebató el cigarro de la boca a Bárbara y lo tiró al suelo.

—¿Cuál es tu problema?

—Mi problema es que estás aquí cuando deberías haberte ido. ¿No es lo que haces, arrancar? ¿Por qué mierda sigues acá?

—Oye, Pelao, Carolina comenzó.

—Ella es una clienta y tu amiga no puede agredir a quien se le ponga por delante solo porque no le gustó un comentario.

Cristóbal no insistió en la defensa y decidió dejarlos solos.

—Carolina es mi invitada y la vas a respetar.

—Si crees que voy a respetar a la descerebrada de tu amiga solo porque es tu invitada, entonces no me conoces.

—Estamos de acuerdo, no tengo idea con quién estuve. Lo que sí sé es que eres una mentirosa y cobarde.

—Sé que me equivoqué al mentirte, pero no soy cobarde. Todos mis amigos eran parte de tu vida. ¿Cómo iba a cumplir tus malditos deseos de no verme más si no me iba? Además, te recuerdo que tú terminaste conmigo.

—Te has repetido tantas veces que te vas por el bien de los demás que de verdad lo crees. Pero te vas porque te gustan las cosas fáciles. Si hubieses conocido bien a mis hermanos y a Cristóbal, sabrías que no era necesario irte. Ellos habrían estado ahí para ti como lo estuvieron para mí. Te fuiste porque es lo mejor que sabes hacer. Y no te atrevas a recordarme cómo pasaron las cosas. Sé lo que hice y lo que tú hiciste, y porque lo tengo muy presente es que no vas a volver a entrar en mi vida. Tus acciones tuvieron consecuencias y una de ellas es que ya no me interesas.

Bárbara concentró toda su energía en contener las lágrimas.

—No me voy a ir, no me importa lo cruel que seas.

—Eres muy descarada. ¿Cómo podría importarle eso a una mujer que ha sido cruel con quien dijo que quería?

—Esa no fue mi intención, Juan Pablo.

—Sabes muy bien lo que me importan tus intenciones y, a estas alturas, tus acciones tampoco me importan. Puedes irte o quedarte, me da igual. Ya terminé de perder mi tiempo contigo —entró al bar.

Decidida a no darle la razón, se secó rápidamente una lágrima y volvió al trabajo.

Dado que el lunes era feriado, este fin de semana prometía ser muy bueno para el bar. Bárbara se levantó temprano para reanudar su trote como lo hacía cada mañana en Viña del Mar. Esto siempre le despejaba la mente y ahora más que nunca necesitaba pensar con claridad. Luego del encontrón que tuvieron afuera del bar, JP la ignoró por lo que duró la celebración. Pedro le advirtió que no podía volver a tratar a ningún cliente de esa forma y que debía pedirle disculpas a Carolina por lo sucedido. Bárbara le prometió que no volvería a pasar, pero se rehusó a pedirle disculpas a una mujer que miraba con desdén a otra por ser mesera. Esto último consiguió la simpatía de Pedro y no insistió en las disculpas. También tuvo la oportunidad de hablar con Tomás, que tenía una noción de lo que había sucedido meses atrás. Durante la conversación, él le recriminó no haberlo llamado aquella noche, como también por no haberse despedido cuando tomó la decisión. El resto del tiempo estuvo conversando con Cristóbal de su bar y con Laura de su nuevo trabajo.

En la tarde estuvo recorriendo las calles de la ciudad y se hizo una idea del porqué JP no había querido vivir en Santiago. El lugar donde había crecido era muy distinto al caos de la capital. Pudo constatar por qué Puerto Varas se conocía como la ciudad de las Rosas, pues durante la caminata vio muchas adornando el paisaje. La plaza de Armas había sido una fuente de inspiración para ella, pero no por su naturaleza y composición, sino porque parecía ser el punto de encuentro para familias, novios y amigos que lograban dar vida y realzar la belleza del entorno. Sus pulcras calles la obligaban a seguir recorriendo sin tener conocimiento hacia dónde se dirigía, pero aquello hacía más interesantes los lugares una vez que los descubría. Fue así como llegó a un muelle con el nombre de Piedraplén, que en verano lo aprovechaban los lugareños para vender sus diversas artesanías. Continuó por el paseo peatonal, con vista al lago Llanquihue, mientras rescataba escenas de todo tipo: jóvenes pasando el rato, ancianos contemplando los hipnotizadores colores que aparecían producto del atardecer y niños jugando al equilibrio en el borde de la pasarela. Sacó el objetivo 55-300 mm para tener mayor alcance sin importunar a la gente. Comenzó a divisar los rostros que estaban más lejos, logrando ver a una pareja que observaba el lago. Al enfocar con mayor precisión, se dio cuenta de que eran JP y Carolina. Él estaba con los brazos extendidos en el respaldo del asiento en tanto ella lo tenía abrazado del cuello. Bárbara bajó la cámara y deseó con todas sus fuerzas que aquello no significara que lo había perdido. Pero después de haberlo escuchado anoche era completamente posible. Volvió a enfocarlos y entonces vio cómo Carolina le volteaba la cara para darle un beso que JP correspondió. Con los ojos llorosos capturó la imagen.

Su jornada laboral inició a las siete de la tarde. Bárbara estaba preparando tragos con Cristóbal, aun cuando él se había esforzado por permanecer como cliente. Pero la barra era su trono por excelencia. En pocos minutos había creado un ambiente distendido con las personas que lo rodeaban. Bárbara quedó admirada por la facilidad que tenía su amigo de llegar a la gente. Era a todas luces algo que se le daba en forma innata. En algún momento, Cristóbal la puso al corriente de las actividades que había hecho durante el día. En la mañana se había ido a la casa de los Camus para celebrar en familia el cumpleaños de JP. Una cosa llevó a la otra y, luego de un frío piscinazo para el festejado, los invitados continuaron celebrando con un asado. Bárbara escuchaba sin hacer comentarios. No haber estado ahí la entristecía y recordar que lo vio besar a Carolina empeoraba todo.

Más tarde Pedro le dijo a Bárbara que los que ingresaban a trabajar en «El Rincón», como parte de su iniciación, debían cantar frente al público. Esperaban que subiera a la tarima e iniciara su vergonzosa pero necesaria presentación. Ella aceptó el reto.

—Pero no cantaré con karaoke. ¿Puedo usar esa guitarra?

—¿Sabes tocar? —preguntó Cristóbal, celebrando su audacia.

—Me sé algunas canciones. Y ya que tengo que hacer el ridículo, prefiero hacerlo acompañada de una guitarra.

—No hay problema —dijo Pedro.

Cristóbal tenía los brazos apoyados sobre la barra, ansioso de ver el espectáculo. Ella tomó la guitarra y se sentó en el sillín de la tarima. Miró al público por última vez y comenzó a tocar *Sweet Child O' Mine*. Era una versión muy distinta a la original, por lo pausado y sentimental de la melodía. Mientras todos observaban cómo daba vida a la letra, los tres hermanos Camus y Carolina entraban al bar.

JP no había podido seguir caminando al verla cantar una canción que parecía escrita para que ella la interpretara. Todos sus intentos por odiarla se derrumbaban ante la imposibilidad de apartar la vista de su fierita. Cuando aceleró el ritmo, todos comenzaron a aplaudir y Bárbara subió el volumen de su imponente voz. JP deseó con todas sus fuerzas volver a abrazarla y besarla como lo hacía cada vez que algo le había encantado de ella. Carolina trató de sacar a JP de su ensimismamiento con la mesera, pero Tomás y Laura la apartaron sutilmente. Fue recorriendo el salón, animando a que la siguieran, que Bárbara se reencontró con la especial mirada de su exnovio. Por primera vez, desde que se habían separado, sintió que él no la odiaba.

Luego de los aplausos, se dirigió a la barra donde estaban los Camus y Carolina, a quien por supuesto ignoró.

—Barb, no tenía idea que tocabas guitarra.

—No lo hacía hace mucho, pero son cosas que no se olvidan.

—Un lujo escucharte, Barbarita. ¿Verdad, JP?

JP miró a su hermano crispado por obligarlo a dirigirle la palabra, pero por educación lo hizo.

—Cantas bien —se fue con Carolina.

—Se hace el duro, pero se veía baboso cuando te escuchó —le comentó Tomás.

—Él sigue enamorado de ti, amiga. Dale tiempo.

Bárbara se sintió conmovida por el cariño de los hermanos y los abrazó.

Bárbara hizo caso omiso cuando escuchó el sonido de la alarma por tercera vez. Segundos después desorbitó los ojos al recordar su compromiso. Había quedado de juntarse con su amigo en una cafetería cercana a la playa *Niklitschek,* a diez kilómetros de Puerto Varas. Cristóbal le dijo que servían los mejores *kuchenes* de la zona y el café era una maravilla. Desayunarían y luego bordearían el lago Llanquihue hasta llegar a Ensenada, desde donde se desviarían para ir al Parque Nacional Vicente Pérez Rosales. Pero la realidad era que se había quedado dormida y llegar a la hora acordada era imposible. Trató de comunicarse con Cristóbal para avisarle, pero no obtuvo respuesta.

Cuando llegó a la cafetería, tanto Cristóbal como los tres hermanos Camus se disponían a dejar el lugar tras haber desayunado. Todos notaron el malhumor de Bárbara cuando cruzó una mirada con Cristóbal. Sin decir palabra, ella salió del café maldiciéndolo por haberla puesto nuevamente en una situación embarazosa.

—¿Qué pretendes, weón? —lo encaró JP.

—¿Qué pretendo con qué? —respondió Cristóbal ceñudo—. Le hablé de este lugar para desayunar. No veo cuál sea el crimen.

—No te hagas el huevón. Si quieres juntarte con ella, trata de que no sea en un lugar donde sabes que estaré yo. —Lo apuntó con el índice—. Estoy hablando en serio, Cristóbal, para de hacer lo que sea que estés haciendo —abandonó la cafetería igual de enojado que Bárbara.

—Igual podrías camuflar mejor los encuentros —opinó Tomás sonriendo.

—No se me da bien esta mierda de celestino —dijo y salió a buscar a Bárbara, pero ya se había ido.

Cuando subieron al auto, JP aún se veía irritado.

—Ya, Pelao, igual la ves en el bar.

—Es verdad, JP. Además, Puerto Varas no es tan grande como para que creas que no te la vas a encontrar.

—Espero el comentario de Laura y cerramos el temita, ¿les parece? No quiero seguir hablando de Bárbara.

Cuando estaban saliendo de una curva, la vieron en un control de tránsito. Bárbara se veía agitada discutiendo con uno de los carabineros, que para desgracia de JP, conocía desde la infancia. Se llamaba Roberto y desde pequeño había sido zalamero con él. Buscaba su aprobación en todo y se consideraba su gran amigo. Producto de esto, Roberto tenía una buena relación con los Camus, pero con Cristóbal nunca había congeniado. En varias oportunidades, con uniforme y sin él, Cristóbal le había dicho que era un lameculos. Fue en una de esas ocasiones que Roberto lo había arrestado. Esa había sido la primera y única vez que JP tuvo que interceder, valiéndose de la amistad que tenía con Roberto, para que liberaran a su amigo.

—Supongo que vas a parar —dijo Tomás.

—JP, para —le exigió Laura—. Si no quieres interceder por ella, déjanos a nosotros.

—Te pasarías de maricón si la dejas con ese lameculos…

—Pueden dejar de hablar el trío de abogados —JP estacionó a unos metros del control que le hacían a Bárbara. Frustrado, cerró los ojos y negó con la cabeza porque sabía que pararía para tratar de ayudarla—. Quédense acá, sobre todo tú, Cristóbal. No creo que pueda ayudarla mucho si comienzas a insultar a Roberto —se sacó el cinturón y se bajó.

Al verlo, Bárbara desvió la mirada y maldijo su mala suerte. Roberto se apartó de ella para ir al encuentro de JP, al tiempo que su compañero preguntaba por la matrícula de la motocicleta.

—¿Cómo estás, Roberto? —se estrecharon la mano.

—Aquí, haciendo cumplir la ley.

—Así veo —respondió mirando a Bárbara.

—Lo pasé muy bien el viernes —le comentó.

—Fue agradable verlos a todos. Gracias por acompañarme.

—Tiempo que no celebrabas tu cumpleaños acá.

—Me encantaría venir más seguido, pero la distancia lo dificulta un poco. No quiero ser inoportuno —dijo antes de que siguiera con la charla social—, pero ¿hay algún problema con Bárbara?

—Es la *barwoman* del bar, ¿verdad?

—Sí, pero también es amiga de mi hermana.

Roberto puso una expresión dramática por lo que estaba a punto de decirle.

—La cosa no pinta bien para la amiga de Laura. Venía a exceso de velocidad y no anda con licencia de conducir.

JP se contuvo para no demostrar la molestia que le produjo la irresponsabilidad de su exnovia.

Mientras el carabinero y JP hablaban, le llegó a Bárbara un WhatsApp de Cristóbal: *El paco que está con el Pelao lo idolatra. Tranquila que no te va a pasar nada. ¿Qué fue lo que hiciste?*

Bárbara: *No quiero hablar contigo.*

Cristóbal: *Enójate más tarde. ¿Qué hiciste?*

Bárbara suspiró: *No tengo la licencia C, la B no la ando trayendo y venía a exceso de velocidad.*

Cristóbal chistó y transmitió el mensaje:

—No tiene licencia C, no anda con la B y para colmo iba a exceso de velocidad.

—¿Y la moto es de ella? —bromeó Tomás.

—¿Creen que JP pueda hacer algo?

—Seguro que sí. Ese weón está enamorado de tu hermano.

Tomás vio a JP y Roberto caminar hacia Bárbara.

—Ahora vamos a saber qué tan enamorado está de él.

—Espérame un poco, voy a hablar con mi compañero —le solicitó Roberto.

—Sí, por supuesto —dijo y aguardó a que ambos carabineros se reunieran en la patrulla para reclamarle a Bárbara—: ¿Cómo se te ocurre andar sin licencia y a exceso de velocidad?

—Ahórrate el sermón, Juan Pablo. Yo no te pedí que me ayudaras.

—Tienes razón. Debí dejar que te arrestaran, te quitaran la maldita moto y de paso pagaras una multa por todas las leyes que infringiste —la vio tiritar y se sacó la chaqueta para pasársela.

Ella no la recibió.

—¡Eres la mujer más terca que conozco! —le dijo en tanto le ponía la chaqueta.

—Tal vez no soy tan mal celestino después de todo —conjeturó Cristóbal al ver la escena.

Roberto se acercó con su compañero.

—La vamos a dejar ir bajo tu responsabilidad —le avisó a JP—. No puede manejar la moto, señorita, hasta que no tenga su licencia clase C. Aquí el doctor se va a hacer cargo de usted y de la moto.

Bárbara le intensificó la mirada al carabinero, incrédula de que la estuviera tratando como un objeto del que se harían cargo.

—Les agradezco a ambos —se anticipó JP al ver la reacción de Bárbara—. Les aseguro que no volverá a conducir sin licencia.

—Disculpa, ¿estoy pintada?

—Oiga, señorita, la están ayudando —la increpó Roberto—. Ahora, si prefiere, la podemos llevar detenida. Usted decide.

—¡Cállate! —le musitó JP con dureza para que no replicara—. Iré por mis documentos y vengo a buscar la moto.

Ambos carabineros asintieron atentos a la actitud de la mujer.

JP la abrazó por la cintura y caminaron, aunque con resistencia por parte de Bárbara.

—Para el *show* y camina.

—¿Cómo vas a manejar la moto? Cristóbal me dijo que no te gustaban.

JP la ignoró.

—¡Te estoy hablando, Juan Pablo!

—Baja la voz —le pidió cortante.

—Entonces respóndeme.

—Manejé una hace tiempo. Mi licencia está vencida, pero no creo que me la revisen. Y lo que no me gusta es que personas irresponsables como tú las manejen. Supongo que el idiota que te enseñó a usarla no te conocía muy bien o tal vez se dejó llevar por otros atributos —indicó su cuerpo con la mirada.

Bárbara quiso abofetearlo, pero él le agarró las manos y la instó a continuar.

—Tranquilízate, pendeja, no estamos solos.

—¿Quién mierda te crees para insultarme? No es de tu incumbencia si me metí o no con alguien.

—Nadie te ha pedido explicaciones —abrió la puerta trasera para que entrara—. Uno de ustedes tiene que llevarse el auto, yo voy a manejar la moto.

—Pelao *is back*.

—¿Hay algo en mí que te dé la impresión de que estoy feliz de hacerlo, weón?

—Yo puedo llevármela.

—¿Tienes licencia clase C? ¿Hay alguien que tenga una acá?

—No, pero tú la debes tener igual de vencida que yo.

—La diferencia es que a mí no me arrestaron por insultar a un carabinero, el mismo que está parado junto a la moto que debo manejar.

Bárbara miró a Cristóbal para corroborar la información.

—Fue hace tiempo y el lameculos abusó de su autoridad.

Bárbara sonrió, pero dejó de hacerlo cuando sintió la mirada condenatoria de JP

—¿Quieres pedirle un autógrafo?

—No me gusta subirle el ego a nadie —respondió ella.

—Yo manejo el auto —se ofreció Tomás—. ¿Te sigo?

—Vamos al bar —propuso Cristóbal—. Pedro conoce a alguien en la municipalidad que te puede ayudar con la licencia. Si me hubieses dicho que no la tenías, lo hubiésemos arreglado antes.

—Gracias, Cris.

Cristóbal le guiñó el ojo y se bajó para ir adelante con Tomás.

JP cerró la puerta y fue por la moto.

Pedro estaba en el estacionamiento del bar cuando JP llegó.

—¡Todo listo! Ya hablé con mi contacto en la municipalidad.

—Por mí no le dieran la maldita licencia.

—Pero Cristóbal me dijo que le consiguiera un cupo.

—Velo con él. Pero hazme un favor —le pasó las llaves—: no le entregues la moto si no tiene la licencia.

—Ok.

El lunes por la noche todo el grupo estaba en el bar. Aunque JP decía que no quería ver a Bárbara, siempre iba con la patota a tomar un trago o a pasar el rato. Lo que fuera Carolina de él, ya no importaba, se había ido durante la tarde en avión. Laura le había comentado a su amiga que la escuchó tratando de convencer a JP de que le pidiera quedarse, pero él se había negado. Esto alegró a Bárbara, pese a que conservaba las fotos de un beso que, sin duda, había existido.

Aunque Bárbara todavía estaba molesta con JP por su insinuación, quería darle las gracias por sacarla del problema con su amigo. Vio la oportunidad cuando él se acercó a la barra.

—¿Un whisky seco? —le adivinó.

—Dame una cerveza, por favor.

«Y me dice pendeja a mí», pensó, aunque siguió la indicación.

—Quería darte las gracias por haberme ayudado con la moto.

—No lo hice por ti.

—Me lo imaginé. Pero igual quería darte las gracias.

JP quería saber cómo se estaba movilizando sin la moto, pero aquello implicaba una conversación con ella.

—No fue nada.

—Respecto a tu insinuación de que me involucré con la persona que me enseñó… —se silenció cuando JP se aproximó a ella.

—No me interesa saber con quién te has acostado estos meses, así que resérvate la información.

—Tú has sido la única persona con la que he estado desde que comenzamos a salir.

—Los dos sabemos que eso no es verdad —contradijo hastiado de imaginarla desnuda en la cama de otro hombre—. Dame la maldita cerveza para no seguir escuchándote.

—No hay problema, doctor, la cerveza es mi especialidad —la agitó todo lo que pudo y se la pasó—. Que la aproveches —se fue a atender a otros clientes.

JP se mordió la lengua para no ponerla en su lugar. Cuando llegó a su mesa, le pasó la cerveza a Cristóbal.

—Tu amiga te la envía.

—Pero yo no la pedí —Cristóbal miró a Bárbara, pero estaba ocupada.

—Es una invitación, no le iba a hacer el desaire de no traértela.

Con un gesto de resignación, Cristóbal la abrió y emitió un gutural sonido cuando el líquido le estalló en la cara. Todo el grupo carcajeó mientras JP le decía:

—Eso fue por lo de ayer, weón, y aún no estamos a mano.

—¡Qué eres maricón, Pelao! —se fue molesto al baño.

Había llovido durante la tarde, pero al cierre del bar la lluvia había cesado. Tomás y Cristóbal estaban conversando afuera a la espera de que Pedro y JP finalizaran su reunión. Bárbara, por su parte, terminó de acomodar las últimas botellas en la vitrina, tomó su chaqueta y se fue con su amiga.

—¿Dónde están todos? —preguntó JP al salir de la oficina con Pedro.

—Deben estar afuera.

—Nos vemos mañana —alcanzó a decir antes de escuchar la moto—. ¿Quién tiene las llaves de la moto?

—Se las pasé a Cristóbal.

JP se dirigió a paso acelerado hacia la salida.

—¿Por qué le pasaste las llaves, weón?

—Porque me las pidió y la moto es de ella.

—Les recomendamos que no la usaran, pero ninguna de las dos nos escuchó —le comentó Tomás—. Van al mirador.

JP se acercó a ellas.

—¡Laura, bájate de esa moto y tú también, Bárbara! Es mi responsabilidad si te vuelven a parar.

—¿Pueden dejar de darnos órdenes? —protestó Laura.

—Tu amiga no tiene licencia —contestó JP, enojado porque Bárbara se ponía el casco—. ¿De verdad quieres ir de noche, con una inexperta, a un lugar que no conoce y con la calzada mojada?

Aunque encolerizada por sus comentarios, Bárbara se subió el visor y le dijo a Laura por el costado contrario al que estaba JP.

—¿Lo dejamos para otro día?

Laura le hizo un gesto reprobatorio a su hermano y se bajó.

—¿Te irás a la pensión?

—No, iré al mirador —le sonrió cínicamente a su exnovio.

JP se puso enfrente.

—Dije que te bajaras.

—¿Qué te dio la impresión de que me importa lo que digas?

JP quería bajarla, pero se resistió para no darle más importancia. Se aproximó a Cristóbal para que lo resolviera, pero Bárbara aprovechó y aceleró.

—¡Por la mierda! Esto es tu culpa, weón.

—Si tanto te preocupa, vamos con ella —resolvió Cristóbal—. ¿Qué dicen? —les preguntó a los hermanos.

—No es mala idea —atinó a decir Tomás—. Le ayudamos a cerrar a Pedro y vamos.

—Yo creo que es lo mejor —se les unió Laura—. A esta hora puede ser peligroso el mirador, JP, y va a estar sola.

—¡Qué consciente, Laurita! Sobre todo, considerando que hace unos minutos te ibas a exponer a ese mismo peligro.

—Bueno, pero mi amiga ahora va a estar sola, así que quiero que me lleves a buscarla —se fue al auto.

—La hermanita manda —Cristóbal arrojó la colilla de cigarro y ayudó a su primo a cerrar.

Tomás disimuló una sonrisa y también ayudó. JP sabía lo que estaban haciendo, pero no pudo resistirse; la seguridad de Bárbara de verdad le preocupaba.

Bárbara se detuvo en la entrada del parque para ver el mapa del mirador. La ruta era corta y por lo que se apreciaba el camino parecía firme, aunque la iluminación no era muy buena. Dudó en subir, pero Laura le había dicho que la vista de la ciudad era espectacular y ella quería tener el registro fotográfico de noche. Volteó cuando un auto alumbró la zona. Desvió la luz con las manos. Cuando estas se atenuaron, lo identificó. «No pudiste resistirte, ¿verdad?», se dijo de regreso a su moto.

—Nosotros te esperamos acá, Pelao.

JP lo miró con incredulidad.

—Esto es tu culpa, Cristóbal. Corresponde que tú la convenzas de que no suba al maldito mirador de noche.

—Yo no tengo ese espíritu protector, weón. Si me dice que quiere subir, yo le voy a decir que se cuide y sería.

JP meneó la cabeza y volteó.

—Laura, anda a hablar con ella.

—¿Y qué le digo?

—Lo mismo que me dijiste en el bar —respondió irritado—: que es peligroso que esté sola en el mirador.

—No creo que me haga caso, es súper porfiada.

—¿Y para qué me hiciste venir?

—Tú igual ibas a venir —se metió Tomás—. Y si no quieres que le pase algo, más vale que te apures.

JP la vio subir a la moto y profirió una maldición.

—Debería dejar que se matara —manifestó antes de bajarse.

Cristóbal se acomodó en el asiento delantero.

—Con las cabritas habría sido perfecto.

Rieron con la mirada fija en la pareja.

—¡Bájate de esa moto, irresponsable!

—No me voy a bajar, y, para tu tranquilidad, es muy poco probable que me hagan un control de tránsito acá —tomó su casco y antes de ponérselo, ironizó—: Me encantaría seguir conversando, pero esta inexperta va a subir… —trató de impedir que JP le sacara las llaves de la moto—. Dame las llaves, Juan Pablo —se bajó para ir tras él.

—No.

—¿A ti qué te importa si subo o no? Hasta donde recuerdo, tú no me quieres volver a ver.

—Sigo queriendo lo mismo. Pero lamentablemente eres amiga de mi hermana y está preocupada por ti.

—Dame las llaves —intentó arrebatárselas, pero él subió la mano para que no las alcanzara—. ¡Dámelas! —le pegó un puntapié que sonó tan fuerte como una piedra contra la calzada

Cristóbal hizo una mueca de dolor al ver el golpe.

—Hay que reconocer que es un poco violenta la amiga.

—Si le quitó las llaves, es porque va a manejar la moto —presumió Tomás—. Yo no estoy en condiciones de manejar.

—Yo menos —se descartó Laura.

—No se preocupen, yo me ofrezco —bromeó Cristóbal y se apeó.

—¡Pásame las llaves, Juan Pablo!

Furioso, la agarró y se la montó en el hombro.

—No tengo tiempo para seguir perdiéndolo contigo, pendeja.

—¡Bájame, idiota! No puedes hacer esto —reclamó pegándole en la espalda.

—Que alguien conduzca el auto —le dijo a Cristóbal—. Nos vemos en la pensión.

—Está bien, tú ganas —cedió ella.

JP la bajó.

—No voy a subir al mirador. Dame las llaves.

—No —se marchó.

Cristóbal la retuvo.

—No sigas, bonita. Lo está haciendo porque quiere cuidarte.

—¡Mentira! Solo está resguardando la palabra que le dio a ese lameculos corrupto y de paso quiere humillarme como lo ha intentado desde la primera vez que nos reencontramos.

Laura se iba a bajar, pero Tomás le aconsejó:

—Deja que Cristóbal hable con ella. Se ve un poco alterada.

—Está dolido, Bárbara. Le mentiste, se enteró de que te arrancaste de una relación en Santiago y para empeorarla te fuiste sin decirle nada. ¿Cómo esperas que reaccione?

JP se marchó en la moto.

—Cometí un error y he tratado de pedirle disculpas, pero solo me responde con pesadeces.

—Tú no te quedas atrás y está bien. De alguna forma esa es la dinámica que se da entre ustedes y funciona. Pero lo importante es que a pesar del orgullo de este weón, que lo tiene del porte de un buque —admitió—, vino a buscarte porque le preocupaba que subieras sola a un cerro que no conoces. Si es capaz de hacer eso, es porque aún te ama.

Abatida, Bárbara se apoyó en el auto conteniendo las lágrimas.

—Quiero de vuelta todo lo que teníamos, Cris. Pero esto no va a funcionar si él no pone de su parte.

—Que él ponga de su parte depende de cuánto le recuerdes lo que pierde si no te perdona —le pasó un brazo por la espalda y la arrimó a él—. No te desanimes.

Bárbara se secó una lágrima y lo miró.

—No es fácil, tu amigo es realmente odioso.

—Nada que decir a su favor —le dio un beso en la frente—. Recuerda que mañana tengo que regresar a Viña.

—¿No te puedes quedar unos días más?

—No puedo dejar el boliche por tanto tiempo, lo siento. ¿Desayunamos juntos? Solo tú y yo, lo prometo.

Bárbara asintió.

12
Un favor

Habían pasado casi dos días desde que Cristóbal regresó a Viña del Mar. Aunque no siempre estaba de acuerdo con la forma, Bárbara extrañaba el apoyo que su amigo le brindaba para encontrarse con JP, algo que había sucedido escasamente los últimos días. El martes solo Tomás y Laura fueron al bar. Le dijeron que JP había ido al hospital de Puerto Montt para darle una segunda opinión a su padre sobre un paciente y luego cenarían con unos colegas.

El miércoles lo vio a eso de las diez de la noche. Venía acompañado de Tomás, quien tuvo la cortesía de saludarla, no así su hermano. Bárbara no le dio importancia, pues sabía que en algún momento se acercaría a la barra, siempre lo hacía.

—Esto es para ti —le extendió un regalo—. Es mi agradecimiento por ayudarme con el lameculos.

JP sopesó lo que significaba aceptarlo, pero no pudo dejarla con la mano estirada.

—No era necesario, pero gracias.

—¡Ábrelo!

Incómodo, rompió el empaque. Era una fotografía enmarcada de Carolina y él besándose en la costanera. Se miraron desafiantes.

—Me parecieron unos tiernos y no pude resistir sacarles unas cuantas fotos. Si quieres puedo enviarle una copia a tu amiga —con natural desinterés se inclinó hacia adelante como tratando de ver la foto—. Ella se ve muy entusiasmada.

JP recordaba el momento exacto del beso, porque fue la única vez que lo permitió. Pero tenía toda la intención de sacarle provecho al episodio.

—No es necesario que le envíes una copia, con esta tendremos. ¡Me encanta! —exclamó observando la foto—. Carolina se ve preciosa.

Bárbara dejó de sonreír. Había utilizado la fotografía para molestarlo y así conseguir que hablaran, pero estaba siendo un maldito malnacido.

—Eres un cínico. Y para que sepas, ha sido una de mis peores fotografías y ella se ve horrible.

Antes de que se alejara, JP la llamó.

—¿Crees que vine a conversar contigo? —le preguntó con sarcasmo—. Sírveme un whisky seco, por favor.

—No queda —comenzó a arreglar unos licores en la vitrina.

JP apretó los dientes al ver la botella frente a él. Sacó su teléfono y escribió un mensaje.

A los pocos segundos, Pedro apareció en la barra.

—¿Qué pasa, Pelao?

—Disculpa que te moleste, pero ¿podrías decirle a la señorita que me sirva un whisky?

—Bárbara —pronunció Pedro en tono de advertencia—, ¿podrías servirle un whisky al cliente?

Ella obedeció sonrojada.

—Ahí está. ¿Algo más?

—Espero que para la próxima no tenga que llamar a tu jefe para que hagas lo que te corresponde —levantó la foto—. Gracias por el regalo, me encantó.

Ella quedó echando humo mientras Pedro le recordaba que debía tratar bien a los clientes, sin distinción.

El jueves Bárbara no tendría que trabajar en el bar. Pedro le comunicó que la necesitaba el sábado desde temprano, pues era el encargado de la fiesta de los Camus. Habría dinero extra y además le había dado el día libre. Uno que destinó a recorrer el Parque Nacional Vicente Pérez Rosales. El lugar le rememoró escenas de *El Señor de los Anillos* por lo bello y mágico de su entorno. El agua verde esmeralda cambiaba a un azul intenso por las potentes caídas de agua. El sonido y el aroma del medioambiente eran un espectáculo digno de volver a visitar. Cerca del mediodía se trasladó a la quietud del lago Todos los Santos, donde decidió descansar y leer un libro. Más tarde se entretuvo buscando en los Saltos del Petrohué los mejores ángulos para fotografiar la serie de espumosas cascadas que le daban vida al paisaje.

Finalizó el día en el único lugar donde tenía posibilidades de encontrarse con JP.

—¿Nos extrañaste? —preguntó Pedro.

—No te hagas ilusiones. No hay mucho más que hacer un jueves por la noche en este lugar.

Pidió una caipiriña y se entretuvo conversando con su compañero de barra hasta que sintió el frío que le llegaba por la puerta de entrada. Eran los tres hermanos que ya eran parte del inventario del bar. Tomás cargaba una guitarra y Laura sostenía una bolsa de tienda. Ambos se acercaron a ella, pero JP ni siquiera la miró.

—Justo la persona que esperábamos encontrar —Tomás le dio un beso en la mejilla.

—¿Por algo en especial?

—Queremos pedirte un favor, Barb.

—Lo que quieran.

—Queremos que cantes el sábado en el aniversario de mis papás —le solicitó Tomás—. Obviamente, te pagaremos.

—*Please*, amiga.

—Por supuesto que sí y no tienen que pagarme. ¿Qué canción quieren dedicarles?

—Cualquiera de *Michael Bublé*. A mi mamá le encanta.

—Solo me sé *Close Your Eyes*, aunque tendré que ensayarla.

—Para eso te trajimos este regalo —Tomás le pasó la guitarra.

Bárbara la recibió, pero no sabía qué decir ante ese gesto.

—No era necesario que me regalaran una guitarra, Pedro tiene una que podría haber pedido.

—Considéralo tu regalo de cumpleaños atrasado, amiga.

Tres meses atrás, Bárbara había pasado su cumpleaños sola en Curanipe.

—Muchas gracias —mientras los abrazaba, miró a JP y tuvo la sospecha de que él tenía algo que ver con el regalo—. Díganme la verdad, ¿esto es de su parte o de JP?

—No te hagas ilusión, bonita, él sigue molesto contigo.

Con un mohín desganado, Bárbara abrió el bolso para ver la guitarra.

Desde el otro extremo, JP la observaba disimuladamente. Se había resistido a hacer algo por ella, pero finalmente había cedido a sus deseos de que tuviera una guitarra. La compró en Puerto Montt el mismo día que se encontró con su padre en el hospital. Acordó con sus hermanos que se la regalarían como cosa de ellos y negarían convincentemente de que él tenía algo que ver con el gesto.

—Cristóbal te dejó esto —Laura le pasó la bolsa.

—Supongo que también por mi cumpleaños.

—Ábrelo luego. Me dijo que te lo pusieras el sábado y que te pintaras los labios de rojo intenso.

Aunque extrañada por la petición, Bárbara tuvo una idea de qué se trataba.

Ya en la pensión, vio el contenido de la bolsa. Era un vestido rojo carmesí, muy ceñido al cuerpo, con escote cuadrado y sin mangas. Agarró el teléfono y llamó a Cristóbal.

—Hola, bonita, ¿cómo van las cosas por allá?

—JP aún me odia y, si aparezco con este vestido, me va a odiar aún más.

—Eres la *barwoman*, se supone que te veas sexy. He repasado la imagen en mi mente y no puede fallar. Hazme caso, cuando te vea va a querer desnudarte.

Esto causó gracia a Bárbara.

—Me habría gustado que estuvieras el sábado acá.

—Te voy a estar dando ánimo desde Viña. Tengo que seguir atendiendo, pero envíame una foto de cómo quedaste.

—Está bien. Gracias, Cris.

—De nada, bonita.

El día del evento estaba pronosticado como parcialmente soleado. Bárbara llegó pasadas las dos de la tarde a la casa de los Camus. Se sacó el casco y se inclinó sobre la moto para observar la construcción. Soltó una carcajada de incredulidad: parecía un maldito hotel boutique. Desde la reja, cubierta con una enredadera, vio la entrada revestida de maicillo con un centro de flores. La casa estaba situada en una loma que desde cualquier punto de vista se imponía en el entorno que la rodeaba. Estaba hecha de piedra cortada y madera nativa. Era sencillamente maravillosa. A sus costados había hileras de árboles que impedían la vista hacia el interior del lugar. Cerró los ojos y respiró profundamente para controlar el nerviosismo que comenzaba a dominar su cuerpo.

Estaba pensativa cuando sintió que un auto se acercaba. Era JP con un señor de copiloto. Por el parecido, asumió que era su padre.

—¿Quieres comprar la casa? —le preguntó el señor con una agradable sonrisa.

—Estoy bastante interesada, aunque le advierto que voy a pedir rebaja.

Eso hizo reír al señor. JP levantó la mano para saludarla, ella respondió con igual gesto.

—¿La conoces?

—Trabaja con Pedro, dile que nos siga.

El padre le hizo una seña para que pasara.

Aún no había desmontado cuando se acercaron a ella. El señor era de la misma estatura de JP, contextura delgada y parecía en buena forma para su edad. Tenía el pelo canoso, aunque conservaba algunos mechones oscuros a los costados; y unas facciones muy similares a las de su hijo mayor, pero en los ojos se parecía a Laura. Tenía un semblante relajado que se complementaba a la perfección con su tenida sport.

—Bárbara, te presento a Alejandro, mi padre.

Ella se bajó de la moto para saludarlo.

—Mucho gusto.

—El gusto es todo mío, querida. No sabía que Pedro había contratado a alguien y además tan linda.

—Gracias —contestó con una nerviosa sonrisa.

—Mi hijo te indicará el área del evento. Nos vemos más tarde.

Bárbara asintió y él se marchó.

—Tu papá es muy simpático —le hizo saber mientras iba por el bolso que traía en la moto—. ¿Seguro no eres adoptado?

JP no respondió, aunque sí se acercó a ayudarla.

—Muchas gracias, puedo solita. Si no me vas a hablar, entonces no te preocupes en acompañarme. Yo puedo encontrar a Pedro en tu maldita mansión —comenzó a caminar.

—Por ahí no es —le avisó.

Bárbara se detuvo y buscó algo que le indicara hacia dónde dirigirse. Vio parte de la carpa en dirección a JP. Con la barbilla en alto, pasó por su lado. Él meneó la cabeza y la siguió.

Mientras avanzaba, Bárbara pudo darse cuenta de que era una parcela de una hectárea y que todo el patio estaba cubierto de un césped verde trébol que se extendía a través de los árboles que en gran medida cubrían la escasa vista al lago Llanquihue. A unos treinta metros de la carpa, se podía apreciar una piscina natural rodeada de plantas acuáticas que al parecer cumplían con el objetivo de depurar el agua sin necesidad de utilizar insumos químicos para su limpieza. Entró en la carpa aún seguida de JP. El piso estaba alfombrado y en ese momento estaban instalando las estufas sombrillas. La mitad del espacio lo ocupaban las mesas redondas con capacidad para diez personas cada una. Todas lucían manteles blancos y cubremanteles color damasco con un adorno floral en medio. Al frente de las mesas había una tarima negra con los instrumentos de la banda y en el lateral derecho se encontraba una larga barra. Entre la tarima y las mesas quedaba un espacio que serviría como pista de baile.

—Hola, guapa —la saludó Pedro—. ¿Te costó mucho llegar?

—No, nada. ¿En qué te ayudo?

—¿Podrías encargarte de la barra?

—No hay problema. ¿Dónde puedo dejar mis cosas?

—Pregúntale al dueño de casa, está justo detrás de ti —se fue dando zancadas hacia la salida.

Bárbara puso los ojos en blanco y volteó. Vio a JP con las manos en los bolsillos y ladeando la cabeza en gesto de burla.

—¿Serías tan amable de decirme dónde puedo dejar mis cosas?

—Podría, pero sigo sin querer hablarte, así que tendrás que seguirme en silencio.

—No te preocupes, no tengo nada que decirte.

Ambos estaban crispados por la situación. Pero JP andaba más idiota de lo usual, porque ella estaría en la fiesta en calidad de *barwoman* cuando debería haber estado como su novia.

Desde la carpa no se divisaba la cabaña que estaba detrás de una hilera de frondosos árboles. Por fuera tenía el mismo estilo de la casa principal pero en miniatura. Por dentro el salón con piso de madera tenía un par de sillones de dos cuerpos que flanqueaban la chimenea empotrada en la muralla. Entre ambos sillones había un tronco pulido que hacía de mesa de centro sobre el cual había un par de libros de arte. Frente a la puerta de entrada estaba la cocina americana con una barra rústica que se imponía en todo el espacio.

—Pueden ocupar esta cabaña para lo que necesiten —abrió dos puertas como chequeando que todo estuviera en orden—. Cualquier cosa, la señora Teresita los puede ayudar. ¿Algo más?

Bárbara notó que estaba de pésimo humor.

—No, gracias.

Cuando JP se dispuso a abandonar el lugar, ella le agarró el brazo.

—¿Quieres que me vaya? Es tu casa, no quiero incomodarte.

No le incomodaba verla, pero eso no significaba que sería agradable con ella. Pedro le había preguntado si había algún problema en que la contratara como *barwoman* para el evento, al igual que sus hermanos le comentaron la idea de que cantara en la fiesta de sus padres. En ambos casos estuvo de acuerdo.

—Tengo algunos asuntos que me tienen preocupado y tú no eres uno de ellos —se fue dando un portazo que hizo a Bárbara cerrar los puños de puro coraje.

—¡Qué mierda estoy haciendo acá!

Con la barra montada, Bárbara estaba terminando de organizar los licores que utilizarían en la celebración.

—Lo siento, amiga, no pude venir antes.

—No te preocupes —dejó las últimas botellas en su lugar y se encontró con Laura—. Todo quedó muy lindo, parece que tendrán una gran fiesta.

—Mis papás querían celebrar sus cuarenta años en grande —le confidenció—. Vamos, Teresita nos llevó comida a la cabaña.

—¿A todos?

—Repartirán colaciones a todos los de la producción —lo siguiente lo susurró—, pero JP le pidió a Teresita que te sirviera algo en la cabaña y a mí me amenazó si te decía.

—Tu hermano es un bipolar. A mí me trata horrible y luego hace este tipo de cosas —salió de la barra—. Sé que no he sido un ángel, pero a veces se le pasa la mano.

—¡Ay, Barb! A ti también se te pasó la mano con él —le soltó ceñuda—. JP es una buena persona, pero es un poco orgulloso cuando alguien lo hiere.

—¡No me digas! —se mofó—. Podría haberse parecido más al carácter de tu papá.

—¿Lo conociste?

—Cuando llegué. Es muy simpático.

—Sí, él es un amor. Pero para tu infortunio, JP se parece más a mi mamá.

—Cada vez que escucho eso, me siento más ansiosa de conocerla.

Laura sonrió.

—Me alegra que tú no tengas esos genes vengativos —añadió.

—Sí los tengo —le advirtió—. Para tu información, estuve a punto de terminar toda relación contigo cuando vi mal a mi hermano —cruzaron una incómoda mirada ante el recuerdo—. Pero JP me dijo que no mezclara las cosas.

—Habría entendido si te hubieses alejado de mí por él.

—Cada uno sabe hasta dónde puede tolerar. Pero mi hermano vale la pena, mi consejo es que des la pelea.

13
El aniversario

Bárbara salió de la cabaña lista para la fiesta. Se había mirado una y otra vez para ver si podía hacer algo para alargar el vestido, aunque debía reconocer que le ceñía muy bien a su figura. La simpleza y tonalidad de la prenda habían ayudado a que se sintiera sexy. Lo acompañó con unos tacos que destacaban sus tonificadas piernas, su abundante cabellera iba suelta y el maquillaje era suave, excepto por los labios de rojo intenso. «Luces exquisitamente provocativa», le dijo Cristóbal cuando ella le envió una fotografía. El piropo la animó a dirigirse a la carpa, pues los padres de JP habían citado al equipo de producción.

Todos estaban en el salón con una copa de espumante, rodeando a los festejados y hablando entre ellos. La madre de JP era una mujer delgada, de 1,75 de estatura aproximadamente. Tenía el pelo corto y negro. Sus ojos eran una réplica a los de JP. Su nariz era delgada de punta corta y sus labios eran de mediano grosor. Lucía un traje de dos piezas color rosa, blusa de seda blanca y zapatos negros. Se veía muy distinguida. El padre vestía camisa blanca y pantalones beige pinzados que combinaban con sus zapatos cafés. No llevaba corbata y su semblante era el mismo de la mañana: completamente relajado. A su lado estaba Tomás con un traje de dos piezas negro y Laura con un vestido de lentejuelas azul que le daba un *look* juguetón. El mayor de los hermanos no estaba junto a ellos.

—Eres la *barwoman* más guapa que he visto —Pedro le dio un beso y se apartó para contemplarla. Aquello también le permitió ver a un concentrado JP observándola desde el patio—. ¡Te están esperando para el brindis, Pelao!

Bárbara volteó y tragó saliva por lo elegante que se veía. Vestía una camisa blanca, pantalón y zapatos negros. Llevaba una corbata negra con diseño lineal. Aunque el toque era la chaqueta gris claro que aportaba un armonioso contraste con su cabellera.

JP llegó junto a ella y sintió que sus rodillas se aflojaban de amor y deseo. Cruzaron una intensa mirada, pero ninguno dijo nada. Atravesó hasta donde estaban sus padres y recibió una copa de espumante de uno de los garzones. Antes de que se retirara, le indicó algo.

—Bien —dijo Alejandro—. Llegó el último polluelo, que en estricto rigor fue el primero —le dio un par de palmadas en la espalda a su hijo mayor—. Hemos querido hacer el primer brindis con ustedes, por ser quienes nos ayudaron a montar este espectáculo —le tomó la mano a su esposa y la miró con ternura—. Queremos agradecerles su colaboración y decirles que estamos muy felices de que todos hayan participado en nuestro último aniversario —todos rieron.

Mientras el padre continuaba con el discurso, un garzón se acercó a Bárbara y le pasó una copa. Ella sabía que JP lo había enviado. El detalle la enterneció, pero también le provocó tristeza. No estaba junto a él como su novia, estaba al final de todo el grupo como una más de la producción.

Los invitados fueron llegando a partir de las seis y media. Eran recibidos por dos garzones que les daban la bienvenida y les ofrecían algo de beber.

Pasadas las siete, el salón estaba lleno. Tomás estaba con su hermano y dos primos que viajaron desde Santiago para el evento. En medio de la conversación, llegó un invitado más.

—¿Cómo están los primos favoritos? —preguntó un hombre de unos treinta y tantos, rubio, ojos cafés y nariz estilo Nixon.

—Hola, José Luis —respondió Tomás—. Pensamos que ya no venías.

—No me perdería por nada tan magno evento. Doctor —le dijo a JP en un tono displicente.

Desde jóvenes, habían tenido roces debido a sus personalidades. José Luis era hijo de un hermano de su madre que vivía en el extranjero. Era una persona extrovertida, que le gustaba viajar y andar de fiesta en fiesta sin pensar en las consecuencias de sus actos. Pero para JP el problema era su vulgar forma de referirse a las mujeres, lo cual había ocasionado más de una discusión entre ellos. Para José Luis, en cambio, la personalidad de JP era la de un tipo demasiado formal, que no tenía ningún sentido del humor y a quien todos apreciaban por ser la persona más correcta y buena de la tierra. Sin embargo, cuando se topaban en reuniones familiares, trataban de manejarse en el marco de lo que era adecuado para toda la familia.

—José Luis, ¿cómo estás?

—Como recién llegado de *Miami Beach*. Amo a esas mujeres en tanga...

—Aquí vamos —le susurró JP a su hermano, pero pendiente de Bárbara en la barra.

—Tengo ganas de pasarlo increíble esta noche. Y hablando de increíble —José Luis miró hacia la barra—, la *barwoman* está para comérsela con toda la calma del mundo —hizo un siseo prolongado.

Tomás alcanzó a llevarse a JP del grupo para calmarlo.

—Tranquilo, hermano, es la fiesta de los papás. Sé que se merece el puñetazo, pero te vas a tener que controlar.

JP trataba de contenerse al escuchar cómo seguía hablando de Bárbara con sus primos.

—Si no quieres que le rompa la cara, haz algo para que deje de hablar así de Bárbara.

—Ok —Tomás le hizo un movimiento con las manos para que se tranquilizara. Luego se aproximó a su primo—. José Luis, ¿puedo hablar contigo un segundo?

—Obvio, primito, para usted siempre hay tiempo.

Se apartaron para tener más privacidad.

—Necesito pedirte un favor.

—Lo que sea.

—¿Podrías dejar de referirte a Bárbara, que es como se llama la *barwoman*, de la forma en que lo estás haciendo?

José Luis miró con suspicacia a JP.

—¿Me vas a decir que tu hermano ya se taimó por lo que dije?

—No queremos problemas, es la fiesta de mis papás. Solo trata de ser mesurado en tus palabras.

José Luis cruzó una mirada de desprecio con JP.

—Está bien —le tendió la mano a Tomás, quien a su vez se lo agradeció.

En la cena se dieron algunos discursos, entre ellos, el de JP. Habló en representación de sus hermanos, manifestando lo privilegiados que se sentían de tenerlos como padres y de lo orgullosos que estaban de sus logros a nivel personal y familiar... Bárbara lo escuchaba embobada desde la barra.

Mientras el animador del evento invitaba a los festejados a bailar la canción *Always on My Mind, de Elvis Presley,* José Luis se acercó a la barra.

—Hola, *gorgeous*. ¿Cómo estás?

—Bien, ¿y tú?

—En este preciso momento, excelente —le guiñó el ojo.

Bárbara lo encontró un tanto ridículo, pero sonrió.

—¿Qué quieres beber?

—Un whisky en las rocas. ¿Te puedo hacer una pregunta?

—Claro, que te la responda es otro tema.

—Me encantan las mujeres con buen sentido del humor —recibió el vaso de whisky—. ¿De verdad eres *barwoman*?

—Hoy lo soy.

Laura interrumpió y le indicó a Bárbara que en diez minutos más fuera a la tarima para que cantara. Ella asintió.

—¿Además eres cantante?

—Parece que hoy también lo soy —respondió mirando el lugar donde cantaría.

—¿Estás nerviosa?

—Mucho.

—¿Fumas?

—Mataría por uno ahora.

José Luis extendió los brazos hacia los lados.

—Mátame porque yo tengo uno.

—Primero dame el cigarro, luego con gusto te liquido —rieron de buena gana.

Bárbara le avisó a su compañero que iría a fumar. Camino al patio, José Luis se sacó la chaqueta y se la puso.

—¡Qué amable! Gracias.

JP había visto desde su mesa cómo su primo hablaba con ella y la hacía reír. Y ahora hervía de celos al verla salir con él. Se estaba parando cuando su hermano le agarró el brazo para advertirle:

—Tienes que tranquilizarte o la vas a joder.

JP inspiró hondo y asintió. Al salir de la carpa, buscó a ambos lados de la entrada, pero no estaban. Avanzó a la parte lateral y los vio reír por algo que él decía.

—¡Bárbara! —la llamó con dureza—. Laura te está buscando.

Por su tono de voz, Bárbara dedujo que estaba siendo desconfiado. Sin embargo, no tenía tiempo para enfrentarlo. Molesta apagó el cigarro.

—Me tengo que ir, hablamos luego.

—Estaré cerca —respondió mirándole las piernas mientras se alejaba.

JP la detuvo y le quitó la chaqueta.

—Eres un idiota —entró a paso firme.

JP le tiró la chaqueta a su primo y le advirtió:

—A ella la respetas o te juro que te parto la cara.

José Luis estaba fastidiado con el santurrón.

—¿Por qué no lo intentas ahora? —arrojó la colilla de cigarro y comenzó a caminar hacia JP, pero Tomás se interpuso.

—¡Ya, paren los dos! José Luis, ¿por qué no te vas?

José Luis sonrió irónico.

—Se puede ir a la mierda el parcito —recogió su chaqueta—. Si se querían tirar a la *barwoman*, bastaba con que lo dijeran. Se las regalo.

Los hermanos se miraron y en un acuerdo tácito, Tomás se apartó. JP le agarró el brazo a su primo, lo volteó y le propinó el tan ansiado puñetazo. Le dio justo en el puente de la nariz, lo cual impidió que José Luis replicara.

—No te vuelvas a acercar a ella, weón.

José Luis se puso de pie, ensangrentado.

—Son un par de maricas.

—Lo que tú digas —se mofó Tomás en tanto José Luis se iba encorvado—. ¿Cómo está la mano?

—No me vendría mal un poco de hielo.

Bárbara ya estaba en el escenario y curada de los nervios, pues haberse enojado con JP había sido incluso mejor que el cigarro. Sentada en la tarima miró a los festejados, quienes parecían esperar una introducción de lo que escucharían. Ella no pudo articular discurso y comenzó a interpretar *Close Your Eyes*.

JP, Tomás y Laura estaban a un costado, observando a sus padres abrazados y felices tras cuarenta años de matrimonio. Ese era el gran desafío que les esperaba a ellos: encontrar a la persona indicada con quien formar una familia. JP desvió la mirada hacia Bárbara. Se había convencido de que su historia con ella había sido un error, pero ya nada era seguro. Había aceptado estar ahí, sabiendo que no sería como su novia. Cualquier otra mujer se hubiese negado a la proposición de sus hermanos. No obstante, Bárbara había consentido y las posibles razones lo dejaron confuso.

Terminó la interpretación y ambos padres fueron al encuentro de la cantante.

—Me encantó, querida —le manifestó la madre—. Muchas gracias, fue una bella interpretación.

—Eres una chica con muchos talentos. Me alegra que nos hayas acompañado esta noche.

—Fue un placer. Felicidades, tienen una bella familia.

—Muchas gracias.

Los hermanos se unieron y Bárbara aprovechó de marcharse. Camino a la barra, algunos invitados le expresaron lo bien que cantaba. Bárbara les daba las gracias al tiempo que se amarraba el cabello para continuar con su trabajo. Pero repentinamente, JP la abrazó desde la cintura y la condujo a la salida.

—¿Qué estás haciendo?

—Tengo que hablar contigo.

—¿Ahora quieres hablar? —se soltó de su brazo de un tirón cuando estuvieron afuera—. ¿Ni siquiera puedo acercarme a un hombre sin que pienses mal de mí?

—El tarado con el que estabas es mi primo. Es un mujeriego…

—¡Ya hemos pasado por esto! —lo interrumpió alterada—. Soy perfectamente capaz de mantener a raya a un idiota si se pasa de listo conmigo.

—Primero, baja la voz. Segundo, no te vi muy entusiasmada en ponerlo a raya.

—Porque no estaba haciendo nada que ameritara que lo pusiera en su lugar.

—Disculpa por haber interrumpido tu maldito coqueteo —le reprochó molesto.

—¿Coqueteo? —repitió con las manos empuñadas para controlar la rabia que sentía—. Observa cómo mierda coqueteo para que te hagas una idea de cuando lo esté haciendo —entró a toda prisa hacia la pista de baile. Vio a Laura y se desvió hacia ella—. ¿Quién de la sala no es tu familiar y está soltero?

—¿Qué? —preguntó desconcertada.

—¿Quién no es familiar entre los solteros que hay?

Laura buscó el perfil que le pedía.

—Él es divorciado —le señaló a un hombre—. ¿Estás bien?

—Perfectamente —respiró hondo y caminó sintiéndose una diosa. Se soltó el pelo y lo sacudió para que quedara revuelto. Llegó hasta el hombre que Laura le indicó, estaba con dos personas—. Hola.

—Hola —respondió él.

—¿Te gustaría bailar?

—Claro —dejó el trago en la mesa y se fueron a la pista.

—¿Qué hiciste esta vez para enojarla? —le preguntó Tomás a su hermano.

JP había perdido la cuenta de las veces que esta noche se había sentido celoso por ella. Y ahora le tocaba ver cómo bailaba con Jorge, un divorciado sin hijos que había sido invitado porque sus padres eran amigos de los suyos.

—Se enojó porque le dije que estaba coqueteando con José Luis.

—No creo que haya estado coqueteado con ese weón —opinó Tomás seguro de que ahora sí lo hacía.

Estaban bailando una salsa demasiado apretados para el gusto de JP. Su pelo danzaba al compás del ritmo y le caía en la cara otorgándole un aire seductor. En uno de los giros, Jorge la agarró de la cintura, quedando de frente y tan cerca que podían escuchar su respiración. Él le miraba los labios, dispuesto acercarse aún más.

JP vio que Jorge deslizaba sus manos hasta las caderas de Bárbara y no aguantó más.

—¡Es suficiente!

Tomás pensó que iría por el segundo round, pero lo vio desviarse hacia la banda. JP solicitó que cambiaran la música, y aunque a los músicos les extrañó la petición, hicieron lo que les ordenaban. Cuando la melodía se detuvo, algunos se fueron a descansar y otros se trasladaron a la pista para bailar la nueva canción.

JP aprovechó el cambio y fue hasta Bárbara. Sin tocarla, e ignorando por completo a su acompañante, le dijo al oído:

—Entendí tu maldito punto, ahora deja de bailar de esa forma.

Con aires de triunfo, Bárbara se dirigió a Jorge:

—Muchas gracias por el baile. Me tengo que ir, el jefe me llama —se despidió y abandonó la pista.

JP la siguió, percatándose cómo la miraban al pasar. La tomó de la mano y la sacó de la carpa.

—¿Puedes calmarte un poco?

—¿Por qué tenías que bailar de esa forma frente a todos? —le reclamó—. Ahora no paran de mirarte el trasero.

—¿Y cuál es el problema? Soy guapa y estoy soltera. Tal vez tenga suerte y hasta logre tirarme a alguien esta noche.

JP la aproximó a él desde la nuca.

—Si eso es lo que buscabas, no tenías más que pedirlo —en un rápido movimiento se la subió al hombro y comenzó a caminar.

—¡Bájame, Juan Pablo! Eres un petulante y bipolar.

—¡Cállate! —le dio una nalgada.

—No me voy a callar porque tú me lo digas —continuó protestando y pegándole en la espalda.

Al llegar a la cabaña, JP abrió la puerta con ella aún en su hombro. Atravesó la sala y pasó a la habitación. La arrojó a la cama con cuidado y cerró la puerta con pestillo.

—¿Qué vas a hacer? —preguntó ella entre alterada y excitada.

JP le tomó una pierna, le sacó un zapato y luego el otro. Le extendió la mano para que se parara. Tras una intensa mirada, Bárbara se la dio. La volteó y le bajó el cierre del vestido. Con un delicado movimiento lo deslizó por su cuerpo. La desprendió de la ropa interior y la dejó desnuda frente a él. Se sacó la chaqueta y la corbata mientras la observaba con deseo. La abrazó por la cintura y le entrelazó los dedos en el cabello.

—Pídeme que te haga el amor —le dijo en tanto le tiraba la cabellera hacia atrás para oler su cuello, podía sentir lo excitada que estaba. Volvieron a quedar cara a cara—. Pídemelo —le repitió con un susurro que traspasó la boca de Bárbara como una bocanada de aire cálido.

Ella sentía cómo la recorría un hormigueo y su parte íntima se humedecía. Cerró los ojos y se dejó llevar ante la sensación de estar de nuevo en sus brazos.

—Hagamos el amor.

Sin más demora, JP la besó. Había extrañado la suavidad de sus labios y el sensual movimiento de su lengua que se ajustaba a sus mutuas demandas. La alzó de las nalgas para llevarla a un escritorio que había en el cuarto. Acarició los senos con impaciencia. Los succionó y acomodó con las manos para mayor regocijo. Bárbara cerró los ojos, sintiendo cómo JP exigía cada vez más de su cuerpo. Estaba en otra dimensión y los quejidos fueron su herramienta más eficaz para lograr controlar en algo el frenesí total. La empujó hacia atrás y se agachó para elevar la exigencia. Para Bárbara, la calidez y el movimiento de su boca eran tan estimulantes como sus manos y el miembro. Seducida por la explosión de sensaciones en su interior, cedió a toda resistencia y se fue en el acto. JP la paró y le dio un beso mientras ella le abría los pantalones. La volteó y la penetró con tal intensidad que no dejó cabida entre ellos. Desde las caderas la agarró para azotar sus nalgas contra él. Ella quería tocarlo con desesperación, pero JP no la dejó. Si lo tocaba, él dejaría de tener el control de su cuerpo. Antes de que pudiera intentarlo una segunda vez, le tomó las manos, las puso sobre la mesa y siguió arremetiendo hasta alcanzar su orgasmo.

Estaba apoyado sobre ella tratando de estabilizar su ritmo. Sentir nuevamente su piel y su aroma lo instaban a quedarse ahí en un intento por recuperar el tiempo perdido. Pero solo consiguió enfurecerse por el recuerdo. Esperó unos segundos y salió de su interior.

—Vístete, necesito volver a la fiesta —le dijo en el mismo tono frío que ella ya conocía y se fue al baño.

Bárbara se paró de la mesa con el rostro lleno de lágrimas. Por un momento creyó que volver a compartir en la intimidad le haría cambiar su actitud hacia ella. Pero su indolencia le confirmó que todo seguía igual. No quería, pero sobre todo, no podía seguir en esa insana forma de relacionarse. Se puso la ropa interior y buscó en su bolso un pantalón y una polera.

Al salir del baño, JP supo que ella no regresaría a la fiesta.

—¿Por qué te pusiste esa ropa?

—Porque me voy.

JP sintió un miedo arrollador, una vez más se iría.

—¿Adónde?

—No sé, pero no me volverás a ver nunca más.

—Irte ya no debe significar nada para ti después de tanta práctica.

Incapaz de continuar tolerando su rabia, Bárbara dejó de guardar sus cosas y se acercó a él.

—No debí mentirte —él desvió su mirada hacia la ventana—. Sé que perdí tu confianza y me duele mucho. Pero créeme, por favor, nunca quise lastimarte —le confesó llorando—. El día que te mentí fue porque tenía miedo de que te enojaras y decidieras terminar conmigo. Sé que el resultado fue aún peor, pero mi intención fue proteger lo mejor que me había pasado en la vida.

JP cerró los ojos para recibir esas palabras.

—En cuanto a Carlos, las situaciones eran distintas. Yo no te hubiese dejado...

—Pero lo hiciste —la interrumpió con dureza—. Me dejaste de la misma forma, y, si todo lo que dices es verdad, entonces debiste quedarte aun sabiendo lo enojado que estaba contigo.

Ella trató de abrazarlo, pero JP no se lo permitió. Bajó la cabeza despojada de toda esperanza de que la perdonara.

—Sé que me amas…, pero a veces no es suficiente —cogió su bolso y se fue.

JP se sentó en la cama, con los codos apoyados en las piernas y las manos cubriendo su cara. No sabía qué hacer.

Camino a la salida, Bárbara escribió un WhatsApp a Pedro avisándole que debía irse, pero mañana pasaría por el bar. Se montó en la moto y la encendió.

Al escuchar el sonido, JP fue corriendo al estacionamiento.

—¡Bárbara, bájate de esa moto! —le gritó al ver que no la alcanzaría.

Ella lo miró por última vez y aceleró todo lo que pudo. JP vio a Tomás asomarse por un costado de la casa y le pidió que le alcanzara las llaves del auto.

Bárbara iba por el único camino interno en dirección al centro de la ciudad. La visera a veces se empañaba, producto del vaho, por lo que la subió. Sintió el frío que le atravesaba la cara y una sensación de parálisis en su interior. Miraba hacia atrás para cerciorarse de que JP no la siguiera. El daño estaba hecho y ella no continuaría martirizándose o tratando de que él la perdonara. Cerró los ojos para disipar las lágrimas que se acumulaban. Fueron segundos, pero habían bastado para que se desviara al lado contrario de la vía, desde donde una camioneta comenzó a tocarle la bocina para que se corriera. Disminuyó la velocidad e intentó maniobrar para volver a su pista, pero la pronunciada inclinación provocó una sacudida que la dejó con el costado derecho deslizándose por el asfalto.

La camioneta se detuvo y su conductor fue en su auxilio. En el ínterin vio acercarse a otro auto desde donde venía la moto. Le hizo señas para que se detuviera. JP quedó paralizado al ver a Bárbara tirada en el piso, Tomás iba a su lado. Lo había acompañado para cerciorar de que no manejara tan de prisa.

—Tienes que estar tranquilo o no vas a poder ayudarla.

JP respiró profundamente para controlar el miedo que sentía.

—Llama a la ambulancia —se apeó y fue corriendo junto a ella—. No la mueva.

Era un señor de unos sesenta años, que comenzó a darle explicaciones de lo sucedido.

—Venía de frente a mí. Le toqué la bocina para que se cambiara de pista, pero creo que perdió el control de la moto.

JP no dijo nada, solo le preocupaba el estado de Bárbara. Al escuchar que se quejaba, supo que estaba consciente. Se sacó la chaqueta para cubrirla y le comprobó el pulso:

—Sé que te duele, pero tienes que quedarte lo más quieta posible. Necesito que me digas si sientes dificultad al respirar.

—No.

—¿Hay alguna zona en que sientas mucho dolor?

—El pie derecho.

JP fue hacia donde le indicaba. Todo el pantalón tenía sangre producto de las quemaduras por fricción que había hecho su piel con el asfalto.

—Tomás, hay una navaja en la guantera. Tráela.

Segundos después, su hermano llegó con lo solicitado.

—Ya viene la ambulancia. ¿Cómo está?

—Aún no lo sé. Toma el teléfono, necesito que me alumbres —comenzó a cortar el pantalón con mucho cuidado, pero no siguió al encontrarse con la fractura—. ¡Mierda!

Por lo que veía, Tomás supuso que era grave.

—¿Qué hacemos?

—Necesito inmovilizar la pierna.

—Tengo unos palos en la camioneta, ¿le sirven? —preguntó el señor.

—Sí, tráigalos. Me vas a tener que ayudar —le dijo a Tomás.

—Está bien. ¿Le sacamos el casco?

—No, podría generar una lesión a la columna si es que ya no la tiene. Ve si hay alguna toalla o algo en el auto, y trae todo lo que pueda usar para abrigarla.

—Me duele mucho.

—Lo sé. Aguanta un poco.

Había pasado media hora desde que JP la dejó en el quirófano del hospital de Puerto Montt. Dado que su padre trabajaba en el lugar, conocía a muchos de los médicos tratantes y para su alivio conocía a quien la operaría. Habían descartado lesiones en la cabeza, pulmones y fracturas costales. El abdomen no había sufrido lesión interna y la pelvis y columna estaban en buenas condiciones, aunque con magulladuras externas. Sin embargo, debía ser operada por fractura de tibia y peroné. Había barajado la posibilidad de asistir a la operación, pero solo habría conseguido obstaculizar el trabajo con su nivel de ansiedad. Se encargó de registrarla como paciente y de garantizar una cómoda hospitalización.

Estaba parado de cara al ventanal de la habitación donde la traerían después de la operación, recordando el instante en que la vio tirada en el suelo. Repasaba una y otra vez lo que debió hacer para impedir que se subiera a la moto.

—¿Has sabido algo? —preguntó Tomás, lo acompañaba su padre y Laura.

JP negó con la cabeza y abrazó a su hermana.

—¿La mamá?

—Se quedó en la casa despidiendo a los últimos invitados. La tengo que llamar en cuanto sepamos algo nuevo.

—Lo siento, papá, este era su día…

—Por Dios, JP, es lo de menos. Lo importante es que tu novia esté bien.

Sorprendido, JP dejó de abrazar a Laura y miró a sus hermanos con una expresión de pregunta.

—Laura, vamos por un café —le propuso Tomás—. ¿Alguien quiere algo? —pero no esperaron respuesta y abandonaron la habitación.

El padre se acercó a JP.

—No somos tontos, hijo. Nos dimos cuenta de tu comportamiento con esa muchacha… ¿Quieres contarme? Tus hermanos solo me dijeron que fue tu novia, y aunque te resistes, aún la quieres y la cuidas.

—Al parecer no lo suficiente o no estaría acá.

—Fue un accidente, no te culpes —se sentó junto a su hijo—. ¿Por qué no están juntos?

—Es un poco complicado.

—Siempre lo es. ¿Ella te quiere?

—Sí, ese no es el problema.

—¿Y cuál es?

—…

—Ya no confío en ella.

Le contó lo sucedido, pero omitiendo algunos detalles íntimos. Su padre siempre había sido su confidente y mentor. «Todo está en ponerle empeño a la solución y no seguir agrandando el problema», decía siempre. Últimamente se habían alejado un poco producto de sus demandantes trabajos, pero sabía que podía contar con él.

—Ya veo —expresó el padre pensativo—. ¿Quieres mi opinión?

—Sabes que sí.

—Bien. Por lo que me acabas de decir, deduzco que ella cometió varios errores. Mentirte y luego irse fue algo tonto de su parte, pero en ambas situaciones parece haberlo hecho por ti.

—¿Cómo es que en tu versión yo soy el malo de la historia?

—No me malinterpretes, JP. Lo que hizo estuvo mal, es indiscutible. Pero esa muchacha te ama, de otra forma no habría tratado de proteger lo que tenía contigo, con una pésima idea, evidentemente, y concuerdo que irse no mejoró la situación. Sin embargo, por lo que entendí, sus amigos eran tu familia y le dijiste que no la querías volver a ver.

—Eso no la justifica, papá.

—Lo sé. Pero insisto, aunque sus decisiones fueron equivocadas, las tomó pensando en ti. No todo es blanco o negro, hijo. Hay personas que nos obligan a ver matices con los que tal vez no estemos acostumbrados a lidiar.

JP se levantó. Quedó frente al ventanal, sopesando lo que decía su padre.

—¿Cómo dejo de sentir rabia por lo que hizo?

Su padre fue junto a él.

—Eso solo va a suceder cuando hayas decidido perdonarla… Dime una cosa, durante el tiempo que estuvieron juntos, ¿qué tanto llenó tu vida de color?

JP recordó lo que su padre le había enseñado de pequeño. La variedad de colores que experimentas al vincularte a una persona es lo que te dará una idea de lo importante que es en tu vida. Se perdió en un punto de la aún oscura noche, rememorando algunos momentos con Bárbara. Su sonrisa fue espontánea.

Alejandro lo abrazó.

—Creo que ya sé la respuesta. Cuando es la indicada, es la indicada —sonrió y le dio un beso en la cabeza. Tenía 35 años, pero seguía siendo su niño querido.

Tras una larga espera, JP comenzó a impacientarse. La posibilidad de que algo saliera mal durante el procedimiento lo tenía angustiado. Al escuchar la puerta, se acercó con rapidez: era el médico que operó a Bárbara. Venía acompañado de su padre.

—¿Cómo está?

—Todo salió bien, muchacho —lo tranquilizó el médico—. Su condición es estable. Insertamos una placa de titanio con sus tornillos para fijar las dos partes de la tibia, conseguimos un buen alineamiento. Traté de no poner la fijación muy rígida para estimular la recuperación del hueso y disminuir el riesgo de rotura de la placa. Voy a dejar a tu criterio cuándo pueda comenzar a apoyar el pie.

JP asintió.

—También tiene un esguince en la muñeca, pero no es nada de cuidado —añadió el médico—. Lo que sí me preocupa es la quemadura que tiene a la altura del muslo. La fricción estuvo concentrada en esa zona, por lo que tuvimos que hacer raspaje para remover las partículas de asfalto y evitar infecciones… —la puerta de la habitación se abrió; traían a Bárbara en camilla.

Entretanto la instalaban, salieron y el médico continuó con el informe. Luego se despidió.

—Deberían irse a la casa, yo me voy a quedar con ella.

—Supongo que ya no irás al viaje con nosotros.

—No, papá, lo siento. Voy a cancelar mi pasaje, me quedaré a cuidarla.

—Está bien. Pero creo que deberías ir a descansar. Ella no va a despertar en un largo rato.

—Tal vez vaya más tarde. ¿Me trajiste la ropa que te pedí? —le preguntó a su hermano.

—Sí, el bolso te lo dejé en la habitación.

—Gracias. Laura, ¿puedes ir a la pensión de Bárbara por su ropa y dejarla en la casa?

Su hermana asintió.

—Sus llaves deben estar en el bolso que llevaba, lo dejé en el auto. De paso dile al encargado que no volverá y, si hay algo que pagar, me avisas.

—No hay problema, en un rato más paso.

Se despidió de cada uno y les agradeció por estar ahí. Cuando entró a la habitación, ya la habían instalado. A simple vista tenía una muñequera en su mano derecha, un collar cervical y su rostro lucía algunos cardenales. Se sentó en el sillón que estaba junto a la cama y la observó hasta que se quedó dormido.

Bárbara despertó pasada las diez de la mañana. Sentía la garganta seca y los labios tirantes. Quiso enderezarse, pero sintió un intenso dolor en la pierna derecha. Se descubrió para ver de qué se trataba. Se estaba tocando el vendaje cuando entró JP.

—¿Qué haces?

—Me duele la pierna.

—Voy a pedir que te suministren un analgésico —la ayudó a recostarse nuevamente y le informó sobre la operación…

—¿Tú me operaste?

—No, pero conozco a la persona que lo hizo.

—¿Por qué no me operaste tú?

JP le acarició la frente con el pulgar.

—Porque hace tiempo me especialicé en traumatología infantil, aunque hubiese sido muy fácil pasarte por una niña —sonrió cuando Bárbara entornó los ojos.

—¿Te quedaste acá?

—Así es, pero fui a mi casa temprano. Laura y Tomás vendrán en un rato más —se quedó en silencio por unos segundos, luego añadió—: Perdóname, no debí dejarte ir de esa forma.

—Fue un accidente.

—Que te podría haber costado la vida. No me lo hubiese perdonado nunca.

Bárbara estiró la mano para posarla en su mejilla.

—Tú no eres el responsable.

JP corrió la cara y le dio un beso a la palma de su mano.

—Cristóbal supo del accidente. Quería venir a verte, pero le aseguré que estabas bien. En un par de días saldrás de acá, yo te voy a cuidar.

Bárbara recordó su viaje y su rostro se tornó serio.

—¿Cómo que me vas a cuidar si tienes un viaje hoy?

—¿Laura te lo dijo?

—No importa cómo lo supe —se sentó y prosiguió sin un atisbo de fragilidad—. No quiero que te preocupes por mí. Además, antes del accidente nuestra situación quedó bastante clara. No tienes por qué sentirte culpable por algo de lo que solo yo soy responsable.

JP pensó que verla en esa actitud era un buen signo, incluso le gustó.

—Me alegra verte con tanta energía. Ahora me vas a escuchar. Primero, eres una irresponsable por subirte a una moto sin la ropa adecuada para conducirla. Segundo, ayer no quedó nada claro y vamos a conversar ese tema, pero ahora no es el momento. Tercero, es verdad que me sentí culpable por haber colaborado a que te alteraras, pero no estoy acá por eso y es injusto que lo insinúes. Y cuarto, cancelé mi pasaje, así que ya no viajaré.

—No quiero que te quedes acá por mí.

—Eso no depende de ti. Voy a llamar a la enfermera para que me ayude a revisar la herida.

—JP, no es justo ni para ti ni para tu familia… —pero JP salió de la habitación sin permitirle continuar—. ¡Por la mierda!

Tras las curaciones, que habían sido una tortura, y la revisión que JP y el médico tratante le hicieron, Bárbara pensó que podría conversar con él para convencerlo de que hiciera el viaje.

—No quiero pelear, pero cancelar tu viaje es una tontera. Si quieres puedo mantener contacto contigo.

JP se inclinó a centímetros de ella.

—Quiero que me leas los labios: no voy a viajar…

Bárbara se sobresaltó al escuchar la puerta: eran Laura y Tomás.

—¿Cómo te sientes, amiga?

—Bien, Laurita —se abrazaron y aprovechó de murmurarle—: Necesito que me ayudes a convencer a JP para que se vaya con ustedes.

Laura miró a su hermano.

—Ignórala, yo a veces lo hago —le dijo JP—. Me resulta menos doloroso que escucharla.

—Lo siento, amiga. Ya canceló su pasaje.

—Nos estás haciendo un gran favor, no queríamos que fuera con nosotros —Tomás la levantó de un abrazo—. Me encargué de tu moto. Aunque no lo creas, tiene menos magulladuras que tú. Con una buena arreglada, creo que podrás volver a usarla —se dio cuenta de que su hermano le daba una mirada de advertencia—. ¿Quieres que le mienta?

—Te lo agradezco, Tomás. ¿Dónde quedó?

—En la casa de mis papás —tocaron la puerta.

—Mamá, no sabía que vendrías.

—Se nos coló —le dijo Tomás—. No pudimos hacer nada.

—¿Por qué ibas a tener que hacer algo? —replicó la madre—. Todos han venido, yo no podía ser menos. ¿Cómo te sientes, querida?

—Bien, gracias.

—Maravilloso. Necesito que me hagan un favor y me dejen a solas con ella.

JP miró a su madre con suspicacia.

—Tranquilo, prometo no dejarla peor de lo que está.

JP se inclinó para darle un beso en la frente a Bárbara, momento que ella aprovechó para retenerlo de la polera.

—No quiero quedarme sola con tu mamá —le susurró—. Me dijeron que era tu versión femenina, eso me da miedo.

—No sabes lo feliz que me hace saber que alguien te da miedo —contestó en el mismo tono—. Estaremos afuera.

Cuando cerraron la puerta, la madre se sentó en la cama junto a Bárbara.

—Creo que no nos han presentado correctamente. Me llamo Patricia y soy la madre de esas tres preciosuras que acaban de salir. Entiendo que tú no solo eres la *barwoman* y cantante de nuestra fiesta, también eres la mujer que Juan Pablo ama.

—No lo podría asegurar. Estamos separados desde hace meses y creo que más bien son las circunstancias las que tienen a JP acá.

Patricia la miró por unos segundos, lo que aumentó el nerviosismo de Bárbara.

—No sé por qué están separados —se pronunció finalmente la madre—. Lo que sí sé es que mi hijo no está acá por las «circunstancias» como tú dices —suspiró lentamente—. Hace unos meses fuimos a la graduación de Laura en Viña del Mar. Como conozco muy bien a mis hijos, pude darme cuenta de que Juan Pablo estaba pasando por un mal momento. Cuando le pregunté sobre esto, me dijo que no me preocupara, que era solo el trabajo. Como era de esperar, sus hermanos no me dijeron nada cuando traté de obtener información. Pese a todo, supe que el malestar de Juan Pablo se debía a una mujer.

Bárbara desvió la mirada por un instante.

—No sé qué hiciste para enojarlo...

—¿Cómo sabe que está enojado conmigo?

—Sé muy bien cuando alguien le importa a mi hijo y anoche no fuimos nosotros su foco de atención, fuiste tú. Y por el *bailecito* me di cuenta de que él no fue amable contigo.

Bárbara sintió cómo se sonrojaba al pensar que los padres de JP la vieron bailar de esa forma.

—Su hijo no es ningún santo.

—Admito que tiene su carácter. Pero es un hombre extraordinario —dijo con orgullo—. No sé qué hiciste para enojarlo y tampoco quiero saberlo. No se llega a mi edad sin haber aprendido unas cuantas cosas de la vida, entre ellas que es mejor no meterse en discusiones privadas, menos si son de los hijos. Sin embargo, si Juan Pablo decide darte una oportunidad, yo encantada te acogeré como un miembro más de mi familia. Pero ese espacio debes ganártelo y creo que eso aún no ha pasado.

—Digamos que hay algunos malentendidos que no me han permitido ganar tan... *preciada posición*.

—Soy una madre orgullosa de sus pollos —expresó en respuesta a su sarcástico comentario—. Si eres sincera con él, entonces no puede haber malentendidos.

Bárbara estaba intrigada. Patricia era una mujer directa pero también conciliadora. No venía ofrecerse de aliada, aunque tampoco parecía querer alejarla de su hijo.

—Me encantaría haber escuchado ese consejo antes.

—Y a mí me habría encantado saber de ti antes —admitió y se levantó—. Si logran arreglar sus diferencias, solo te pido que lo cuides.

—Si logro ganarme un espacio en su familia, le aseguro que lo haré.

14

Dame tiempo

Luego de un par de días de hospitalización, Bárbara fue dada de alta. De camino hacia la casa de los Camus, ella le manifestó a JP que quería pagarle el pasaje que había perdido.

—No quiero que me pagues nada, Bárbara. Quiero que te concentres en recuperarte, ¿puedes hacerme ese favor?

—Podría, pero me ayudaría mucho si dejáramos las cuentas claras. De otra forma, siento que me estoy aprovechando.

—Te estás aprovechando de mi paciencia, eso te lo puedo asegurar.

Al entrar a la casa, Bárbara quedó maravillada. Había visto la fachada y era una casona impresionante. Sin embargo, por dentro se podía ver que la piedra cortada se mezclaba en algunas zonas con murallas blancas y en otras con madera nativa. A medida que avanzaban por el piso de porcelanato hacia el salón principal, podía ver los amplios espacios iluminados por ventanales que daban al patio. Los colores predominantes eran marrón, crema, mostaza y gris, los cuales le daban un ambiente de casa de campo. Los dos sillones en tela de lino se situaban bajo una lámpara rústica de estructura de metal con elementos decorativos en resina. Frente a los ventanales estaba la chimenea, tal como lo había visto en la cabaña, pero esta le doblaba en tamaño y se imponía en el salón entre una escopeta de utilería y unas piezas de origen mapuche. Todo tenía un aspecto de calidez, que invitaba a quedarse acurrucada en uno de sus rincones a observar el verde que le rodeaba.

Bárbara estaba mirando las fotografías familiares que colgaban de la muralla de la sala, cuando entró una señora de avanzada edad, con rostro gentil y mirada penetrante.

JP le dio un beso y le pasó un brazo por los hombros para dirigirla hacia su invitada.

—Teresita, ella es Bárbara, la persona de quien te hablé. Bárbara, te presento a la mejor chef de Puerto Varas —sonrieron en lo que para Bárbara fue un gesto de complicidad.

—Probé uno de sus guisos en la cabaña, estaba muy rico.

—Me alegra que le haya gustado. Bienvenida a la casa de los Camus. Espero que le gusten los porotos, a mi niño le encantan.

Por la forma en que lo miraba, Bárbara conjeturó que lo quería mucho. Probablemente lo había consentido desde pequeño.

—Me gustan mucho.

—Déjame instalarla y vamos a la cocina.

—Dejé toallas y sábanas limpias en la habitación. Los espero para que comamos.

JP condujo a Bárbara por un pasillo que daba hacia el segundo piso. No obstante, pasó a una habitación en el primero y la dejó sentada en una silla de ruedas.

—Vas a dormir acá para que no tengas que subir las escaleras.

Bárbara sintió una punzada de angustia cuando mencionó que ella dormiría ahí, pero no él.

—¿Tú dónde duermes?

JP se acercó a ella y le tomó la barbilla.

—Deja que me ordene un poco, ¿sí? Sé que no sabes cómo actuar, pero dame tiempo. Yo duermo arriba en mi habitación. Esta silla la ocuparás los primeros días para movilizarte, ¿ok?

Ella asintió.

—Te voy a dejar sola para que te instales. Si necesitas ayuda me dices.

—Está bien.

A la mañana siguiente, Bárbara quiso volver a recorrer la casa, pero terminó en el lugar que más le había fascinado: una cocina excepcional. En el centro había un mesón isla que tenía cuatro quemadores y el espacio suficiente para que también sirviera de mesa. Las altas sillas daban un aire de rincón hogareño, donde imaginó a la familia de JP reunida discutiendo algún tema sin que nada los perturbara. Sobre la mesa colgaba un marco de metal con ganchos que sostenían todo tipo de utensilios para cocinar. El espacio estaba rodeado de un extenso mesón iluminado por enjutas pero tupidas ventanas de gruesos marcos de madera. Cada mueble y elemento decorativo era acorde con lo que sugería ese espacio de aromas y sabores.

JP se levantó más tarde de lo común, pues Bárbara y Teresita lo convencieron de que descansara. Desde la puerta de la cocina, vio a Bárbara sentada en el mesón isla, de espaldas a la entrada, riendo con su nana de toda la vida. La imagen lo llenó de alegría.

—Buenos días.

Teresita levantó la vista de la sartén.

—Hola, mi niño. Estoy haciendo panqueques, ¿quiere?

—¿Cuál es la ocasión?

—Barbarita me dijo que su doctor le recomendó comer cosas dulces para mejorarse —sonreía viendo a Bárbara que le hacía gestos para que se callara.

JP fue al mueble de la vajilla, que quedaba frente al mesón donde estaba sentada Bárbara. Mientras servía dos vasos de leche, le dijo:

—No recuerdo haberte recomendado cosas dulces.

—Me lo dijo el otro doctor —contestó concentrada en el panqueque que partía con el tenedor.

—¿Cómo se llama ese doctor?

—Doctor —comenzó a reír ante la risa persistente de Teresita.

—Nadie se llama doctor.

—Bueno, sería mucho más fácil recordar el nombre si no se hicieran llamar todos doctor. A mí nadie me dice diseñadora. ¿A usted alguien le dice la mejor chef de Puerto Varas?

—La verdad es que no —Teresita miró a JP por sobre el hombro.

—¿Ves? Nadie llama a las personas por su profesión. Pero ustedes necesitan ser llamados *doctor*, como si el ego ya no lo tuvieran por las nubes…

—Estás desviando la conversación. Quiero saber ¿qué doctor te dijo que debías comer algo dulce para mejorarte?

—…

—Tal vez fue el que me operó.

—Voy a tener que hablar con Gustavo para que me comparta los últimos avances en postoperatorios de accidentes en moto —le dio un beso en la frente, le pasó un vaso de leche y se comió el trozo de panqueque que tenía en el tenedor—. Tengo que hacerte curaciones —le dio un beso a Teresita.

—No es necesario. Yo revisé la herida y se ve muy bien.

—Me vas a disculpar, pero prefiero chequear por mí mismo.

Con un suspiro, Bárbara miró a Teresita con pesar. Las curaciones le hacían ver burros verdes y no quería volver a someterse a esa tortura.

Los días transcurrieron con relativa normalidad. Bárbara había recibido las visitas de Camila; de Pedro, con quien aprovechó de finiquitar sus asuntos pendientes; y de unos amigos de JP, que más bien lo venían a ver a él.

Durante la reunión con los amigos, Bárbara se enteró de anécdotas de su adolescencia que le dieron una idea de cómo era vivir en un lugar rodeado de montañas, prados verdes y atardeceres de deslumbrantes colores. Casi al finalizar la velada, Bárbara tocó y cantó *A Thousand Years, de Christina Perri,* ante la mirada embelesada de JP. Esa noche la fue a dejar a su habitación y le hizo el amor de la forma más suave que pudo. Pero no se quedó a dormir con ella.

Bárbara había descubierto nuevas cosas sobre JP, por ejemplo, que le gustaban los clásicos de terror. Una tarde, Teresita le comentó que desde pequeño uno de sus pasatiempos favoritos era echarse en el sofá con sus hermanos y ver una película de miedo en absoluta oscuridad.

—Sin las palomitas el panorama no está completo —terminó de contarle Teresita mientras preparaba el bol.

—Si quiere, yo se las llevo.

—¿Está segura?

—Sí, claro.

Cuando abrió la puerta que le señaló Teresita, pudo ver, por la luz del televisor, que el salón era lo suficientemente amplio para distribuir sin dificultad tres largos sillones dispuestos en semicírculo. JP estaba en el del medio, frente a una pantalla que colgaba de unas cadenas desde el techo. A su alrededor había algunas estanterías con libros, películas y un pequeño bar.

—No sabía que te gustaban las películas de terror.

—Me gustan los clásicos de terror —recibió el bol—. Gracias.

—¿Qué ves?

—El payaso IT.

—¡Oh, Georgie! —simuló la voz del payaso al tiempo que se marchaba sonriendo.

JP paró la película.

—Seguro eres de las que se ríe para no reconocer que te da miedo.

—¡Ay, sí! Sobre todo la versión que estás viendo. ¿Sabes que hay una nueva que es mucho mejor que la del 90?

—Tuve pesadillas con el payaso de esta versión, no la menosprecies. Ven a verla conmigo.

Bárbara entornó los ojos.

—¿Te da miedo verla solo?

—No me da miedo, pero no me vendría mal la compañía.

—¿Por qué las ves si te dan miedo? —insistió ella.

—Me gustan y no he dicho que me den miedo. Ven.

—¿Y qué gano yo?

—¿Qué quieres?

Bárbara se quedó pensando.

—Quiero que me lleves a un lugar que no sea turístico, uno especial para ti.

JP sonrió con agrado por la petición.

—Trato —le pegó una palmada al sillón para que viniera junto a él.

—Acá hay unos sillones que podría usar...

—Ven conmigo, pesada —se levantó para cargarla y dejarla recostada en el sillón junto a él.

JP cumplió su promesa y al día siguiente la llevó a un lugar que a Bárbara le pareció privado. Estaba cercado y no había nada más que bosque, un bello y frondoso bosque en el que se distinguían algunas especies como el alerce, coihué y ñire, que el viento dirigía al compás de un melódico movimiento bajo un amenazante cielo teñido de nubes.

JP había avanzado lo suficiente por un camino que rodeaba el lugar.

—¿Te gusta?

Bárbara miraba por la ventana lo alto de los árboles.

—Mucho. ¿Es tuyo?

—Así es —apagó el motor—. Lo compré hace algunos años. Te ayudaré a bajar —descendió del auto y dio la vuelta para tomarla en brazos.

La condujo entre los árboles que en su conjunto la obligaban a oler, escuchar y sentir la naturaleza.

—¡Wuo! Mira, es un cóndor —dijo Bárbara apuntando al cielo.

JP la dejó en el piso mientras ella observaba encantada cómo el ave planeaba en lo alto. Al bajar la mirada, el beso surgió espontáneo. Cuando se separaron, Bárbara le dijo:

—Es un lugar muy lindo. ¿Qué tienes pensado hacer con él?

—No sé, ni siquiera había planeado comprarlo.

—¿No?

JP negó con la cabeza.

—Mi papá me llamó hace un par de años para decirme que había un terreno en venta que tenía buen aspecto. Por supuesto, él ya había hecho el estudio antes de llamarme —sonrieron—. Me dijo que era una oportunidad que tal vez me interesaría. Supongo que fue amor a primera vista, porque no lo pensé mucho y lo compré. Lo cerqué e hice el camino, pero aún no sé qué haré con él.

—¿Nunca has pensado en vivir acá?

—Me gustaría que mis hijos crecieran en un lugar así —bajó la mirada hacia ella—. ¿A ti te gustaría vivir acá?

—No sé —se mordió el costado derecho de su mejilla como meditándolo—. El sur de Chile me ha encantado y recorrerlo ha sido genial.

JP la apartó un poco.

—Lo que quise decir es que me han gustado los lugares que he recorrido, pero no el momento en que los recorrí.

—No tienes que justificarte.

—JP, ¿dime qué hacer para que me perdones?

—No sé, Bárbara. Aún me duele que te hayas ido —dijo con tristeza—. Es mejor que volvamos.

Bárbara le enmarcó la cara obligándolo a mirarla.

—Me encantaría vivir aquí —lo volvió a besar.

Un tanto aburrida de no poder hacer nada, Bárbara buscó en qué entretenerse. Con la ayuda de muletas ya podía apoyar un pie, por lo que tenía más libertad para explorar. Fue así como encontró unas gruesas jeringas que llenó de agua. Había visto que JP dormía una siesta en una reposera junto a la piscina. Como un juego de niños, ella comenzó a lanzarle pequeños chorros de agua. Cuando él hacía el gesto de despertar, Bárbara se escondía. Así estuvo por unos minutos hasta que notó que aquello ya no parecía molestarlo. Al no ver reacción en él, se acercó y le arrojó un gran chorro de agua en la cara. JP la alcanzó y ella gritó riendo. La puso con cuidado sobre su regazo y comenzó a hacerle cosquillas. Le quitó las jeringas y le mojó el pantalón en la entrepierna. Bárbara reía a carcajadas.

Al ver que Teresita se acercaba, JP escondió las jeringas y se secó el rostro.

—Déjame ayudarle a Teresita.

—Les traje unos juguitos —le pasó la bandeja a JP para que la dejara en la mesa de apoyo.

—Muchas gracias —le dijo Bárbara.

—Teresita, vamos a tener que hacer algo para ayudar a Bárbara. Me ha dicho que no alcanza a llegar al baño.

La anciana le miró compasivamente la entrepierna.

—No se preocupe, Barbarita, yo la ayudo a cambiarse.

—No me hice encima, JP me tiró agua —vio cómo se burlaba detrás de su nana e intentó alcanzarlo.

Teresita sonreía por lo feliz que se veía su niño.

Generalmente, Bárbara se sometía a masajes en la pierna y a dolorosas curaciones que intentaba postergar a como diera lugar. Sabiendo que Teresita se trasladaba a cierta hora a su habitación para ver la telenovela, Bárbara le propuso acompañarla para jugar cartas. No le interesaba el dramón, pero logró mostrarse entusiasmada para cumplir con su propósito.

—Teresita —la llamó JP al golpear su puerta—. Disculpa que te interrumpa, pero no encuentro a Bárbara. ¿La has visto?

La nana meneó la cabeza divertida porque Bárbara, con el índice vertical sobre sus labios, le pedía que no dijera nada.

—Pase, mi niño, está acá.

JP abrió la puerta.

—Me engañó. Me dijo que quería jugar cartas, pero estoy segura de que se estaba escondiendo de las curaciones.

—Qué feo de su parte, Teresita. Quise pasar un lindo momento con usted y mire cómo me paga.

—Te he buscado por toda la casa, Bárbara. ¿Por qué no respondes el teléfono?

—No lo llevo conmigo —respondió mirando las cartas—. ¿Podríamos dejar las curaciones para más tarde? Nos queda escala sucia, escala real y luego el desempate que sería otro juego completo. Te aviso cuando hayamos…

Él la ignoró y la tomó en brazos.

—No quiero que me cures, JP.

—Lo siento, Teresita. Cierra, cobarde —esperó a que ella agarrara la manilla y avanzó para cerrar la puerta.

—Si fueras más delicado, no tendría que esconderme.

Una noche, al ver a JP salir, Bárbara pensó en jugarle una broma y hacerle sabanitas cortas. Subió con dificultad las escaleras y buscó su habitación. No fue difícil reconocerla. Las murallas eran gris claro y en una de ellas colgaban cuadros de licenciaturas, tanto de primaria como de secundaria. La cama de dos plazas estaba situada al centro y frente a un ventanal con vista al patio. En el costado derecho, desde la entrada, había dos puertas: una parecía el armario y la otra debía ser el baño. En la muralla izquierda había un par de repisas con libros y abajo un escritorio de madera de raulí. Sobre la mesa había una fotografía con sus hermanos, libros amontonados y el famoso marco con la imagen de Carolina y de él besándose. Con rabia, desprendió la parte trasera del marco, sacó la fotografía y la rompió.

Desde la puerta, un complacido JP le preguntó:

—¿Qué estás haciendo?

Sobresaltada, reaccionó empuñando los trozos de la foto.

—Nada —tomó las muletas para irse.

JP le interrumpió el paso.

—Creo que te llevas algo que me pertenece.

Sin dejarse aplacar por la vergüenza, Bárbara levantó el mentón y abrió el puño donde tenía los pedazos de fotografía para dejarlos caer.

—Toda tuya.

Ese gesto de insolencia lo volvía loco. Le quitó las muletas, la elevó desde la cintura y cerró la puerta de su habitación con seguro. Un escalofrío la recorrió mientras se miraban con evidente excitación. JP la recostó sobre la cama y comenzó a desnudarla. Su suave piel olor a vainilla lo envolvió con recuerdos de la primera vez que estuvieron juntos. La recorrió sintiendo unos deseos incontrolables de penetrarla. Bárbara le sacó la polera y lo cubrió de besos. Le deslizó la mano por el miembro. JP bajó hasta los senos comprobando al lamer cómo se endurecían los pezones. Llegó hasta su zona húmeda, donde desplazó los dedos para procurarle placer. Él sabía el poder que tenía sobre ella cuando la tocaba y sus sensuales expresiones se lo confirmaban. Le devoró los labios con premura cuando la escuchó gemir producto de un largo orgasmo que se sintió cálido en su interior. Mientras ella aún se regocijaba, él se terminó de desvestir. Se puso sobre ella, cuidando sus heridas, y se deslizó hasta que la anhelada descarga fluyó entre ambos.

JP recuperó el aliento con el rostro enterrado en el pelo de ella. Luego levantó la cabeza y dijo:

—Me debes una foto.

Bárbara le apartó la mirada; se había olvidado de la razón por la que se encontraba ahí.

—Borré esas fotos, así que si quieres recuperarla tienes que pegarla.

—No seas ridícula —le tomó el rostro y lo volvió hacia él—. No me refería a la misma foto y te recuerdo que tú fuiste quien me la regaló.

—Pensé que era buena idea que conservaras el recuerdo de ese mágico beso —trató de levantarse, pero JP se lo impidió.

—No creo que estés en condiciones de reprocharme nada.

Bárbara recibió el comentario con irritación.

—Nunca voy a estar en condiciones de reprocharte nada, ¿cierto? —esta vez logró levantarse y comenzó a vestirse—. No importa lo arrepentida que esté, no vas a dejar de recordarme lo que hice. Pues bien, Juan Pablo, puedes irte a la mierda.

Él cerró los ojos, asumiendo que su comentario había sido inoportuno.

—Disculpa, no quise decir eso —la alcanzó a agarrar—. Quédate conmigo esta noche.

—«Esta noche» —repitió acentuando su malhumor—. ¿Qué tal mañana o pasado? ¿O voy a tener que conformarme con los revolcones que tú decides que nos demos?

—No seas vulgar.

—Digo las cosas como son. Y dado que no tienes intenciones de que solucionemos nada, creo que mi permanencia en esta casa debería llegar a su fin.

A JP le molestó que una vez más amenazara con irse. Pero no era el momento de seguir con la discusión o se dirían cosas de las que se arrepentirían.

—Hablemos mañana, ¿te parece?

—Lo que tú digas, Juan Pablo. Finalmente siempre es así.

JP tomó sus pantalones.

—Te acompaño a tu habitación.

—¡No quiero que me acompañes a ninguna parte! —se fue pegando un portazo.

JP ahogó un bufido de frustración.

15
Soberbia

JP no se levantó temprano, por lo que no coincidió con Bárbara para el desayuno. Al enterarse por Teresita que se había encerrado en su habitación, prefirió dejar pasar la mañana para conversar con ella.

Al mediodía, Cristóbal llamó a su amigo. Sabía que Bárbara estaba bien, pero quería preguntarle al buen doctor cómo iba la rehabilitación.

—La hinchazón del pie no ha cedido, pero la movilidad va avanzando. Creo que en poco más de un mes podrá comenzar a apoyarlo.

—¡Qué buena noticia! Y las cosas entre ustedes, ¿cómo van?

—Ayer dije una estupidez, pero hoy pretendo hablar con ella y dejar todo claro.

—¿Borrón y cuenta nueva?

—Algo por el estilo. Quiero dejar todo este tema atrás… —no continuó al ver a Bárbara entrar a su habitación sin tocar—. Hablando del rey de Roma —le masculló a su amigo percatándose del humor que cargaba la fierita—. Tengo que dejarte, hablamos luego.

—Trátala bien, weón. Recuerda que aún está convaleciente.

JP cortó la llamada y se levantó para cerrar la puerta.

—¿Sabes? «Un buenas tardes, JP, ¿cómo amaneciste?» hubiese sido un buen comienzo Sin contar que podrías haber tocado la puerta.

—Prefiero ser grosera, se me da mejor.

—La verdad es que te sale bastante natural —convino de regreso al escritorio. Se apoyó en la cubierta y añadió—: Si vienes por lo que pasó ayer, me gustaría...

—No vine por eso.

JP entrelazó los brazos.

—Entonces ilumíname, ¿a qué debo la encantadora visita?

—Llamé al hospital para saldar mi cuenta, pero me dijeron que estaba pagada por Juan Pablo Camus.

JP hizo un levantamiento de cejas suponiendo hacia dónde iba la conversación. Sopesó los beneficios de ignorarla, pero si quería seguir con ella, este *show* de la mujer ofendida porque le han ayudado económicamente debía terminar.

—Me puedes decir ¿cuál es el problema?

—No quiero que pagues mis cuentas —le dijo con una mueca que JP consideró soberbia pura—. Te agradezco mucho todo lo que has hecho, pero de mis deudas me encargo yo. Puedo solicitar que me envíen un registro, pero es mejor si me das el monto y dejamos esto arreglado de una buena vez.

—Ya hemos hablado de esto, Bárbara. Sé que eres una mujer capaz de mantenerte, pero tu situación actual amerita que te ayude y mi intención no es insultarte. Además, estás recién operada, lo que implica que no tendrás una entrada de dinero por algún tiempo. Mi consejo es que guardes lo que tienes hasta que puedas establecerte de nuevo.

Bárbara sujetaba las muletas con las manos empuñadas, dejando ver los nudillos blancos de pura irritación. Se había hecho una idea de su situación económica sin siquiera preguntarle.

—Dudo mucho que mi *inestabilidad económica* haya sido la responsable de que hayas decidido pagar la cuenta. Más bien creo que lo hiciste porque tienes la necesidad de ejercer tu condición de macho.

—No seas ridícula.

—Pues me alegra no ser la única en esta habitación. Soy perfectamente capaz de pagar la operación sin recurrir a nadie, pero de no ser así, no serías *tú* la persona a la que le pediría ayuda.

—¡Suficiente! Ven acá —hizo caer las muletas, la agarró con fuerza y la inclinó sobre él boca abajo.

—¿Qué haces?

—Algo que debió haber hecho tu madre cuando eras una mocosa malcriada —lidiando con su resistencia, le bajó el pantalón y comenzó a darle nalgadas mientras ella trataba de zafarse.

—Suéltame, maldito cavernícola, me duele.

—¡Cállate! No voy a seguir tolerando tu soberbia cada vez que quiera ayudarte económicamente. Vas a aceptar mi ayuda con una sonrisa y vas a dar las gracias cuando eso pase —la levantó y apuntó con el índice—. No vuelvas a importunarme por dinero, Bárbara…

—¿O qué? —lo increpó subiéndose el pantalón—. ¿Me vas a azotar cada vez que no haga algo a la altura de tus jodidas expectativas?

—¡No es mala idea! Pero se me ocurre algo mejor. Si me vuelves a molestar por esto, me voy a asegurar de hacerte sentir como a una mantenida.

—¿Y quién es el soberbio ahora?

—¡Yo lo soy por los motivos correctos!

Enfurecida le gritó antes de que se fuera:

—¡Para el caso da igual, solo nos quedan unos días para soportarnos!

JP la miró con dureza antes de dar un portazo.

Como era de suponer, Bárbara no se apareció en las zonas comunes durante todo el día. Teresita se había preocupado, pero JP le dijo que la dejara sola, ya se le pasaría.

Todo lo que Bárbara había conocido en el sur de Chile era pura magia. Pero en las dos semanas que llevaba en la casa de los padres de JP, había descubierto la tranquilidad que le producía sentarse en el jardín, en medio de la noche, a contemplar lo que a todas luces parecía un estanque natural y no una piscina. Sentada sobre una manta, creía reconocer la fragancia de los jacintos, aún con la ausencia de sus compactos racimos de florecillas. Su madre adoraba las plantas, y cuando le habló de esta en particular, le dijo que en el lenguaje de las flores significaba constancia y cariño. Los juncos también eran conocidos para ella. Unos manojos de tallos huecos y cilíndricos, cuyo grosor disminuye de abajo hacia arriba hasta acabar en punta. Eran una delicia estética imposible de obviar. Había otras especies que no reconocía, pero en su conjunto dominaban el lugar, viéndose beneficiadas por la iluminación que escenificaba el ambiente de una forma romántica.

Luego de que JP le propinara las nalgadas, se había trasladado a su habitación sintiéndose humillada e irritada. Sentimientos que aprovechó para replantearse sus próximos pasos a seguir. Estaba determinada a montar la moto después de recuperarse, por lo que llamó a Sebastián para contarle sobre el accidente. Su amigo le prometió que la ayudaría a encontrar un buen mecánico, aunque le sugirió que tal vez debería cambiar de transporte. Bárbara había desestimado el accidente mostrándolo como algo sin importancia y sin consecuencias que lamentar. Luego chequeó su cuenta bancaria. JP no estaba tan equivocado, pero no era necesario estimular más su ego. Aún le quedaban algunos ahorros, pero la mayoría se había consumido por los seis meses de viaje. Sin embargo, tenía unos fondos extras que habían quedado de la venta del auto. Con eso podría pagar el arreglo de la moto y su operación: ya había solicitado el registro en el hospital. También estaba la recuperación. JP le había enseñado unos ejercicios y las heridas ya no necesitaban curaciones diarias. Pero aún no podía apoyar el pie, lo cual la dejaba imposibilitada de momento.

Estaba mirando un punto fijo sobre la piscina, pensando en que pronto se acabarían las vacaciones de JP. Entristecida, su mente comenzó a vagar por recuerdos que no le permitieron advertir su presencia hasta que se sentó a su lado.

—Hace frío, Bárbara. ¿Por qué no entramos?

Ella se volvió al frente con expresión rígida. No sabía cómo reaccionar ante lo que había pasado hoy, pero no se mostraría avergonzada.

—Estoy bien —respondió en tono cortante.

—¿Vas a estar enojada o quieres que hablemos?

—Me trataste nuevamente como a una niña, Juan Pablo.

—Porque es lo que vi hoy. Si no quieres ser tratada como tal, no te comportes como una. Me molesta que no sepas diferenciar entre quien te quiere ayudar y quien te considera incapaz. Si quieres estar enojada, es problema tuyo. Quiero que hablemos de nosotros.

—Dudo mucho que haya un nosotros.

JP le giró el rostro para que lo mirara.

—Sí que lo hay, por lo menos para mí. Pero antes vas a escuchar lo que tengo que decir sobre lo que pasó hace meses.

Bárbara se soltó de sus manos.

—Te vas a Viña en unos días.

—Ya vamos a llegar a eso. Antes resolvamos este asunto que me tiene atravesado.

Bárbara hizo un gesto de disgusto; ahí estaba de nuevo el mismo tono de rabia, pero no dijo nada.

—No tolero que me mientan como tú lo hiciste. No va conmigo, por lo tanto, no puedo justificarlo. Pero en tu caso fue peor por lo que significabas... por lo que significas para mí.

Bárbara se despojó de toda expresión de enojo.

—Yo no quise…

—No, Bárbara —dijo en tono tranquilo—. Ya he escuchado tus excusas, ahora necesito que tú me escuches… La confianza es fundamental para mí y me sentí traicionado por ti. Podemos discutir qué tan grande o importante fue la mentira, pero el hecho es que existió. Si vamos a tener otra oportunidad como pareja, quiero que sepas que nunca te traicionaría de esa forma, pero es lo mismo que espero de ti. Respecto a tu relación en Santiago, solo diré que no comparto la forma en que manejaste la situación. Pero eso ya es parte de tu pasado y a mí me interesa lo que hagas de aquí en adelante. Lo que no voy a pasar por alto es que te hayas ido sin decirme nada —su mirada pasó a ser fría y punzante—. ¿Cómo esperabas que reaccionara después de enterarme que me mentiste y además que habías dejado una relación sin concluir en Santiago?

—Nunca me diste la oportunidad de explicarte cómo habían pasado las cosas.

—Te pregunté lo único que necesitaba saber: si era verdad y tú me dijiste que sí. El resto podría haber atenuado en algo el daño, pero de ninguna forma lo hubiese borrado.

—Me equivoqué y te he pedido disculpas.

—Sé que lo has hecho, pero te dije que ahora hablaría yo. El día que me enteré de todo, aparte de rabia sentí mucha tristeza, porque, pese a tu inestable carácter, confiaba en ti. Nunca imaginé que pudieras verte envuelta en una situación así. Luego te fuiste sin decirme nada y me dolió. Sé que yo terminé contigo, pero saber que ya habías actuado de forma similar en tu antigua relación, me hizo pensar que yo signifiqué para ti lo mismo que el idiota al que abandonaste en Santiago.

—No era así —aclaró entre lágrimas.

—No llores más, por favor —le pidió suavizando el tono—. Necesito decirte esto para que entiendas lo que eres capaz de causarme si lo vuelves hacer.

Bárbara se sintió conmovida al escuchar que volvería a confiar en ella, pero esta vez lo hacía consciente del daño que podría hacerle.

—¿Por qué aún quieres estar conmigo?

JP se quedó mirándola un instante. Luego se acomodó para dejarla entre sus piernas y la atrajo hacia él.

—Porque extraño muchísimo a la descarada que conocí en Viña —frotó su nariz contra su piel—. Porque no quiero vivir solo con el recuerdo de lo tierna, divertida y porfiada que eres —le besó la mejilla cuando ella se inclinó hacia él—. Porque quiero cuidarte, aunque a ti no te guste que lo haga. —Le levantó levemente la barbilla para que lo mirara—. Quiero estar contigo porque te amo, fierita mía.

—Yo también te amo —le dio un beso y lo abrazó con fuerza—. Te extrañé mucho.

—Yo también, preciosa.

—No quiero volver a separarme de ti.

—Me alegra porque yo tampoco —le dio un beso en cada ojo y la apartó un poco—. Hay algunos temas que deberíamos conversar.

—Está bien.

—Lo primero que deberíamos resolver es tu estadía en Viña. Y por favor, no quiero escuchar tus tonteras de «yo me la puedo sola o no te necesito» porque de verdad me vas a enojar mucho.

Bárbara emitió un gutural sonido en señal de molestia.

—Y ya sabemos lo que pasa cuando te enojas, ¿verdad?

A JP le hizo gracia su taimada expresión, pero continuó con el tema.

—Si estás de acuerdo, me gustaría que vivieras conmigo.

A Bárbara le sorprendió la propuesta.

—No te lo estoy proponiendo porque no confíe en ti, si es lo que estás pensando —añadió él.

—No he pensado eso —le aclaró—. ¿Estás seguro?

—Completamente.

Bárbara sonrió.

—Entonces acepto, pero con una condición.

—¿Cuál?

—Que compartamos los gastos. Tú sugeriste el trato, JP —le recordó al verlo fruncir el ceño—. «Yo acepto tu ayuda» *muy de vez en cuando* —remarcó— y tú te ahorras la soberbia.

JP carcajeó.

—Está bien, un trato es un trato. Lo segundo que quería pedirte, y este es un favor personal, quiero que me prometas que no volverás a conducir una moto.

—No te voy a prometer eso, JP.

—Bárbara, te pude perder en ese accidente.

—Te amo mucho, pero esta vez no cederé: la moto se queda.

Por su mirada, JP sabía que aunque discutiera no sacaría nada. Él también podía ser obstinado, pero ahora no era el momento de persuadirla.

—Conversémoslo mañana con más calma.

—Yo estoy calmada y mañana mi respuesta será la misma.

—Ya veremos. Y lo último, no quiero volver a hablar de nuestra separación nunca más, ¿ok?

Bárbara asintió y se acomodó apoyada en él.

—Yo también te quiero pedir algo.

—¿Qué?

—Que lo de las nalgadas quede entre nosotros —le pegó en el brazo cuando él rio—. Me dolieron, ridículo.

—A mí también me duelen las canillas cada vez que me pateas, es más, me las dejas moradas.

—Mentira —dijo escéptica de haberle propinado un golpe tan fuerte—. De cualquier forma, prométeme que quedará entre nosotros.

—No tengo idea de cómo podría llegar a comentarle algo así a alguien, pero te lo voy a prometer dependiendo de qué tan contento despierte mañana.

—¿Me estás chantajeando sexualmente?

—¿Funcionó?

—Tal vez —le pasó los brazos por los hombros—. Pero recuerda que tu trasero será de mi dominio y me las vas a pagar.

—Prometo no resistirme —le dio un gran beso.

Nota al lector

Estimado lector,

Agradezco el tiempo que te diste para leer esta historia. Espero que te hayas entretenido. Si así fue, te invito a leer la segunda parte de Radiografía de una pareja, el compromiso.

En esta nueva entrega, el correcto doctor y la impulsiva diseñadora abordarán un tema de necesaria discusión para avanzar hacia la consolidación de su relación. Es en este contexto donde las lealtades se ponen a prueba, las inseguridades se manifiestan, las diferencias se acentúan, pero también se generan instancias que permiten valorar a la persona en su conjunto.

Nuevas aventuras acompañan este relato cargado de emociones, discusiones y sexo, que evidencian la dificultad de los protagonistas para conciliar sus respectivas posturas.

A través de su pluma ágil y diálogos vibrantes, Beatriz Navarro te invita a reflexionar sobre las relaciones, los prejuicios y a comprender que no hay formas correctas o incorrectas de hacer las cosas, solo formas distintas que involucran el anhelo de una pareja por converger hacia una ruta de vida vinculante.